KB235073

인생을 풍요롭게 만드는 42가지 생각

인생을 풍요롭게 만드는 42가지 생각

인생에 대한 모든 해답은 마흔 두 가지이다!

영국 작가 더글러스 애덤스의 소설 『은하수를 여행하는 히치하이커를 위한 안내서』에는 슈퍼컴퓨터 '깊은 생각(Deep Thought)'이 "인생과 우주, 그리고 사물에 대한 해답은 모두 마흔 두 가지"라고 말하는 장면이 있다.

물론 이 말은 의미심장한 답이라기보다는 재치 있는 농담에 가깝다. 그러나 이 농담이 과연 무엇을 의미하는지 한번 생각해보자. 인생, 우주, 사물에 대한 해답은 결국 어디에도 존재하지 않는다는 슬픈 사실을 의미하는 걸까? 아니면 인생에 대한 답은 수(數)와 같이 추상적인 개념이 아니라 바로 삶의 현실에 숨어있다는 지혜를 의미하는 걸까? 나는 후자 쪽이라고 생각한다.

이 책은 바로 그러한 지혜를 담은 것으로, 풍요로운 삶을 살았던 지성인들의 격언 마흔 두 가지를 통해 인생의 가치를 높이는 방법을 찾아보고자 한다.

이 책의 바탕을 이루는 것은 딱딱한 규칙이나 수수께끼를 담은 철학이 아니라 '어떻게 살아야 할 것인가?'라는 현실적인 문제를 다룬 철학이다. 고대 철학자들은 심오한 사상뿐 아니라 그 속에 담긴 본질적인 의미를 찾아내려고 노력했으며 이성적인 결과뿐 아니라 현실적인 문제들을 함께 탐구했다. 또한 사상을 철저하게 이해하는 데 그치지 않고 사상을 통해 자신을 변화시키려고 노력했다.

고대인들은 격언을 즐겨 사용했다. 그들은 자신이 원하는 것을 아무리 고집한다 해도 결국에는 이성의 힘을 통해 올바른 방향으로 돌아서게 된다고 믿었다. 또한 소크라테스는 지혜란 물과 달라서 큰 그릇에 옮겨 담을 수 없다고 말했다. 인생의 지혜는 우리의 일상적인 습관, 선택, 열정, 생각을 통해 나타난다.

이 책은 영원한 인생, 행복, 복지에 관한 문제들을 지혜롭게 풀어나가는 새롭고도 보편적인 방법을 제시한 것이다. 또한 비유와 일화, 질문과 인용을 통해 풍요로운 삶을 누릴 수 있는 방법을 철학적으로 고찰했다.

Contents

The Examined Life

The Working Life

The Social Life

Contents

The End of Life

The Greener Life

Ask yourself whether you are happy and you cease to be so.
Where ignorance is bliss, 'Tis folly to be wise.
Things can only get better.
Man's unhappiness springs from one thing alone,
his incapacity to stay quietly in one room.
The thinker philosophises as the lover does.
All the advantages of Christianity and alcohol ;
none of their defects.

Ask yourself whether you are happy and you cease to be so.
Where ignorance is bliss, 'Tis folly to be wise.
Things can only get better.
Man's unhappiness springs from one thing alone,
his incapacity to stay quietly in one room.
The thinker philosophises as the lover does.
All the advantages of Christianity and alcohol ;
none of their defects.

인생을 풍요롭게 만드는
42가지 생각
The Happy Life

당신 스스로 행복한지를 묻는 순간,
행복은 사라져버린다.

Ask yourself whether you are happy and you cease to be so.

- 존 스튜어트 밀John Stuart Mill

세상 사람들은 어떤 문제에 대해 저마다의 의견들을 갖고 살아가지만, 행복이 무엇인지에 대해서는 대체로 같은 의견을 가지고 있다. 단적인 예로, 미소가 행복을 의미한다는 사실에 대해서는 누구나 공감하며, 행복이 바로 삶의 이유라는 것에 대해 이의를 제기하는 사람은 없다. 하지만 행복을 어떻게 추구할 수 있는지, 그리고 무엇이 행복인지에 대한 해답을 찾는 것은 쉽지 않다. 그런 만큼 행복에 대한 철학자들의 정의 역시 다양하다.

삶의 행복은 최대한 많은 쾌락을 추구하는 데 있다고 믿는 쾌락주의자들도 있었다. 소크라테스의 제자였던 아리스티포스는 쾌락의 추구를 삶의 목표로 삼는 독창적인 사상 체계를 세웠다. 소크라테스는 아리스티포스를 비난하며 무모한 쾌락주의는 인간을 욕망의 노예로 만들 뿐, 결코 행복의 근원이 될 수 없다고 주장했다. 하지만 아리스티포스는 이러한 비난에도 더욱 철저한 쾌락주의를 고수하며, 자신이 바라는 이상으로 엄청난 쾌락에 탐닉했고, 사기 스스로 욕망을 마음껏 충족시킬 수 있는 길을 찾아 나섰다.

하지만 아리스티포스의 쾌락주의에는 한 가지 결점이 있었다. 지나친 쾌락은 오히려 고통을 불러일으키며 심한 경우에는 죽음에 이를 수도 있게 한다는 것이었다. 아리스티포스를 따라 쾌락주의를 추구하던 고대 그리스 도시 국가인 시라큐스의 군주 디오니시우스 1세Dionysius I는 술독에 빠져 흥청거리다 목숨을 잃었다.

그렇다면 행복에 영향을 끼치는 요소는 과연 무엇일까? 일상의 편안함과 부족하지 않음, 친구와 가족의 사랑 등 분명스스로 통제할 수 없는 많은 요소들에 의해 개인의 행복은 좌우된다고 생각할 것이다. 하지만 이것 역시 단정하기 어려운 문제이다.

초기 기독교를 확립하는 데 크게 공헌한 성(聖) 아우구스티누스는 이탈리아 밀라노의 한 거리를 걷다가 어느 거지 옆을 지나가게 되었다. 이 위대한 성인은 누더기를 걸친 거지가 미소를 지으며 농담까지 하는 모습을 보고 충격을 받았다.

거지는 비록 아무것도 갖지 못한 빈털터리였지만, 행복만은 가지고 있었던 것이다. 그러나 아우구스티누스 자신은 그렇지 못했다. 그는 거지가 술에 취한 상태였기 때문에 일시적으로 행복해 보일 뿐이라고 생각했다. 그러나 거지의 얼굴에 가득한 미소를 보면서, 자신이 그동안 걸어왔던 길은 그저 인위적인 겉치레에 불과하며 진정한 행복의 근원인 소박함과는 거리가 먼 것이었음을 깨달았다.

훗날 아우구스티누스는 행복이 태양이나 갈증과 같다는 사실을 알게 되었다. 즉 행복은 눈앞에 훤히 보이는 것도 아니고 단 한 번에 충족될 수도 없는 것이라고 말이다. 아우구스티누스는 살아있는 동안에는 결코 완벽한 행복에 도달할 수 없다는 결론을 내리게 되었다. 인간은 죽음을 통해 이기적인 자아를 떨쳐버린 후에야 비로소 진정한 만족을 찾을 수 있다. 오늘날 영원하고 절대적인 것이 존재하지 않는 이 세상의 모습을 진지하게 들여다보면, 아우구스티누스의 비관적 세계관이 나름대로 일리가 있다고 느끼게 될 것이다.

이러한 생각에 반발하며 인간이 점점 진보하기 때문에 현실세계에서도 행복을 찾을 수 있다는 새로운 낙관주의를 내세운 이들도 있었다. 인생의 목적은 '최대 다수의 최대 행복'을 실현하는 데 있다고 주장한 제레미 벤담은 물질적인 부(富), 인구, 지적 능력의 증가와 무관하게 '복지(福祉)의 총량이 끊임없이 증가하고 있다.'고 주장했다. 또한 그는 최대 다수의 최대 행복은 인간이 반드시 추구해야 할 지상 명령이라고 믿었다. 18세기 낙관주의자들은 18세기가 가장 행복한 시대라고 주장했다. 또한 행복은 인간에게 권리를 주는 것 이상으로 가치 있는 것이라는 생각이 널리 퍼지게 되었다.

하지만 이들의 행복관은 아우구스티누스가 밀라노에서 마주쳤던 거지의 행복과 마찬가지로 일시적인 것에 불과했다. 프랑스 사상가 장 자크 루소Jean-Jacques Rousseau가 말한 바와 같이 인간은 자연 상태에서는 행복했지만 자신이 손수 만든 사회제도나 문화 때문에 불행해졌다는 것이다.

진보는 경쟁 등 불안감을 조성하는 요인에 의해 이루어지며, 탐욕과 같이 불만을 조장하는 욕망을 불러일으키고, 행복에 대한 욕망과 같이 마음의 평안을 깨뜨리는 기대를 조장하기 때문에 오히려 행복을 해친다는 것이다. 루소는 "철학, 인간성, 예절, 거창한 격언은 대부분 기만적이고 천박한 겉치레에 불과하며 덕이 없는 명예, 지혜가 없는 이성, 행복이 없는 쾌락만을 추구할 뿐이다."고 주장했다.

이러한 행복관에 동의할 수 없다면, 행복의 의미를 다른 방법으로 찾아볼 수도 있다. 불행의 정의를 내려보는 것이다. 여기 한 환자가 병상에 누워 고통과 절망 속에서 신음하고 있다고 상상해보자. 그의 병은 너무나도 깊어 의사조차 치료를 포기한 상태이다. 그렇다면 이 환자는 불행하다고 단언할 수 있을까?

고대 그리스 철학자 에피쿠로스Epicurus는 엄숙한 얼굴로 결코 "그렇지 않다."고 대답할 것이다. 그는 말년에 신장 결석으로 진통제도 없이 고생했으나, 오로지 병이 회복되기만을 바라며 병상에 무기력하게 누워 있지는 않았다. 아무리 심한 고통일지라도 마음먹기에 따라 얼마든지 극복할 수 있다고 주장하면서 즐거운 마음으로 여생을 보냈다. 두꺼운 담요로 불길을 가라앉힐 수 있듯이, 인생을 행복하게 만드는 강렬한 기쁨을 통해 그 어떤 고통도 가라앉힐 수 있다는 것이다.

그는 친구들과의 대화를 통해 얻을 수 있는 기쁨을 생각하면서 자신을 괴롭히던 육체의 고통이 점점 사라져가는 것을 느꼈다. 에피쿠로스는 이처럼 즐거운 추억을 통해 심오한 기쁨과 만족을 발견했으며 그 속에서 평온과 위안을 얻었다. 우리가 마음만 먹으면 불행 따위는 얼마든지 떨쳐낼 수 있는 것이다.

에피쿠로스의 삶이 의미하는 것은 다음과 같이 세 가지로 요약할 수 있다. 첫째, 가만히 앉아서 행복을 생각하는 것만으로는 결코 행복해질 수 없다. 많이 배운다고 해서 반드시 현명해지는 것은 아니다. 마찬가지로 행복을 공부한다고 해서 반드시 행복해지는 것은 아니다.

금연을 결심한 사람을 예로 들어보자. 그는 금연을 하기 위해 평소 즐겨 찾던 흡연 장소에는 두 번 다시 가지 않을 것이며 예전에 그토록 사랑했던 담배의 해로운 손길에서 영원히 벗어나겠다고 마음먹는다. 그들은 이러한 행동을 통해 '반드시 담배를 끊겠다'는 의지를 표현하고 싶어 한다. 그러나 바로 여기에 함정이 있다. 당사자가 금연을 위해 앞으로 어떻게 행동해야 할지 자문하는 순간, 그는 자신의 결심이 과연 무엇을 의미하는지 깨닫게 된다. '전에도 금연하려다가 실패한 적이 얼마나 많았던가? 금연이 얼마나 어려운 일인가? 담배 없는 인생은 얼마나 지루할까!'

사르트르는 금연에 대한 결심을 다른 사람에게 이야기하는 순간, 금연하겠다는 주체적인 의지를 잃게 된다고 말했다. 금연에 성공해야 한다는 강박관념으로 담배를 비교적 쉽게 끊을 수는 있겠지만, 금연에 성공하는 순간 당사자는 허무함을 느끼게 된다. 오히려 그들은 금연에 대한 결심을 앞으로 어떻게 지켜나가야 할지를 고민한다. 많은 사람들이 비록 담배를 끊을 수는 없지만 금연하기 위해 늘 노력하겠다고 말하는 이유가 바로 여기에 있다.

행복에 대해 이야기하는 것도 이와 같다. 행복이라는 것은 무의식적인 상태를 의미하며 우리가 행복에 의식적으로 집착할수록 행복을 얻기가 더욱 힘들어진다. 존 스튜어트 밀은 이를 두고 다음과 같이 말했다. "당신 스스로 행복한지 묻는 순간, 행복은 사라져버린다."

둘째, 행복은 우리가 일반적으로 생각하는 것과 다르다. 우리는 행복을 쾌락과 같은 것으로 생각하기 쉽다. 그러나 쾌락이 일시적인 것인 데 반해, 행복은 품위, 헌신 등 쾌락과 전혀 상관없는 것들에 의해 좌우된다. 아리스토텔레스는 이러한 진리를 이미 알고 있었으므로 행복이 쾌락처럼 경험을 통해 얻어지는 것이 아니라, 우정처럼 능동적인 노력을 통해 얻어지는 것이라고 주장했다. 또한 행복은 사랑과도 같다. 우리가 낭만적인 감정의 자극을 받지 않고서도 상대방을 사랑할 수 있는 것처럼 행복 또한 일시적인 기분에 상관없이 얻을 수 있는 것이다.

행복은 고통과도 밀접한 관계가 있다. 사람들은 흔히 자식을 키우는 것이 인생에서 가장 기쁜 일이라고 생각한다. 그러나 연구결과에 따르면 자식은 걱정을 불러일으킴으로써 부모로서의 기쁨을 방해하기도 한다. 자식이 소중하지 않다고 말하려는 것이 아니라 단지 행복은 자식에게 희망과 사랑을 주는 행위와 같이 때로는 고통을 수반하는 과정을 통해서도 얻을 수 있다는 사실을 이야기하려는 것이다. 따라서 행복은 우리의 인생 전반에 존재한다. 이처럼 위대한 선행을 통해 얻을 수 있는 행복에 비하면, 쾌락과 같은 행복이나 쾌락 자체는 기껏해야 일시적, 피상적인 기쁨만을 줄 뿐이다.

고대 그리스 철학자들은 이러한 사실을 잘 알고 있었다. 그들은 '에우다이모니아eudaimonia'라는 단어를 통해 행복의 난해함을 표현했다. 이 단어는 행복을 상징하며 'eu'는 선(善)을, 'daimon'은 '신(神)' 또는 '영혼'을 의미한다. 이처럼 행복은 마치 신처럼 쉽게 파악할 수 없고 불확실하며 불분명한 것이다.

셋째, 행복은 인생의 결과물이다. 이러한 사실은 우리가 살아가는 모습을 돌이켜보면 쉽게 알 수 있다. 어느 누구도 공허한 무(無)의 상태에서는 행복할 수 없다. 인간은 자신의 행동과 자아를 통해 행복을 얻는다. 또한 누군가를 사랑하거나 자신이 어딘가에 존재한다는 사실로 인해 행복을 느낀다. 따라서 어떻게 하면 행복할 수 있는지를 묻는 것은 "내가 어떻게 살아야 할 것인가?"라고 묻는 것과 같다. 이는 평생 고민해야 할 가장 근본적인 문제이다.

행복은 간접적으로 얻어지는 것이다. 우리가 인생의 목표를 단지 행복에만 둔다면, 결코 행복을 얻을 수 없다. 어떤 책들은 친구를 만들고 종교를 갖거나 특별한 목표를 추구하는 것 등 행복을 얻는 다양한 방법들을 알려준다. 세상에서 가장 행복한 사람들을 보면 모두 친구와 종교, 그리고 삶의 목표를 가지고 있기 때문이라는 것이다. 그러나 이러한 의견을 마치 하나의 규칙처럼 의무화하는 것은 행복의 본질을 망각하는 것이다. 사람들이 종교를 갖는 이유는 행복해지기 위해서가 아니라 신을 사랑하기 때문이다. 친구를 사귀는 이유는 행복해지기 위해서가 아니라 서로 좋아하기 때문이다. 특별한 목표를 추구하는 이유는 행복해지기 위해서가 아니라 인생이 소중하다고 생각하기 때문이다. 인간은 이러한 과정을 통해 간접적으로나마 행복을 얻게 된다.

이는 과연 무엇을 의미하는 것일까? 회의주의자 섹스투스 엠피리쿠스Sextus Empiricus의 이야기를 들어보면 그 답을 좀 더 쉽게 알 수 있을 것이다. 엠피리쿠스의 이야기에는 아펠레스Apelles라는 화가가 등장한다. 어느 날 그는 말을 그리다가 까다로운 난관에 부딪히게 되었다. 아무리 노력해도 말의 입에서 나오는 거품을 제대로 그릴 수가 없었던 것이다. 그는 자기가 아는 온갖 기술을 동원하여 거품을 그려 보려고 애썼지만 어느 것 하나 마음에 들지 않았다. 결국 아펠레스는 크게 낙심한 나머지 붓을 닦는 데 쓰던 스펀지를 화폭에 힘껏 던져 버렸다. 그런데 스펀지가 말 주둥이에 부딪쳤다가 떨어지는 순간, 아펠레스는 깜짝 놀라고 말았다. 화폭에는 그가 지금까지 간절히 원했던 거품의 모습이 생생하게 그려져 있었던 것이다!

행복은 이처럼 우연한 기회로 말미암아 생겨난다. 그러나 그 기회는 행복을 삶의 목표로 삼는다고 해서 얻어지는 것은 아니다.

모르는 게 약(藥)인 곳에서는
어리석은 자가 곧 현명한 자이다.

Where ignorance is bliss, 'Tis folly to be wise.

– 토마스 그레이Thomas Gray

어느 날 호머 심슨(미국의 유명 TV 애니메이션 시리즈 〈심슨 가족〉의 아버지-역주)은 자신의 뇌 속에 크레용 한 개가 박혀 있다는 사실을 발견하게 된다. 뇌 속에 마치 융단의 털 속에 숨은 벌레처럼 편안하게 자리 잡고 있었으나, 신체적 정신적으로는 아무런 해를 끼치지 않았다. 호머는 어린 시절에 장난삼아 크레용 한 상자를 콧구멍 속에 집어넣어본 적이 있었다. 갑자기 재채기가 나오는 바람에 크레용은 거의 다 콧구멍 밖으로 튀어나왔지만, 그 중 한 개가 남아 있다가 뇌 속으로 들어가게 된 것이다. 그러나 호머 자신은 이러한 사실을 전혀 모르고 있었다.

호머는 뇌 속에 크레용이 들어 있다는 사실을 발견하자 수술을 통해 크레용을 제거하기로 마음먹었다. 그 결과, 호머에게 긍정적이면서도 부정적인 변화가 일어났다. 긍정적인 변화란 호머가 크레용 제거 수술을 받은 이후로 자신이 예전보다 훨씬 똑똑해진 듯한 자신감을 얻게 되었다는 것이다. 또한 수준 높은 시각으로 세상을 바라보게 되어 인생관이 달라졌을 뿐 아니라, 예전에는 너무 똑똑해서 다소 두렵게 느껴졌던 딸 리사와 친밀한 지적 교류를 나누는 경지에 이르렀다.

한편, 부정적인 변화는 호머가 자신의 지성을 겉으로 드러내기 시작하면서 일어났다. 그는 크레용이 뇌 속에 들어있던 시절에는 미처 눈치 채지 못했던 사실을 발견하고 참을 수 없는 분노를 느꼈다. 호머는 결국 직장의 위험한 노동환경을 외

부에 폭로해 버려 주위 사람들로부터 따돌림을 받게 된다. 그
들은 자신의 삶을 위협하는 요소나 인생의 고민거리들을 굳
이 알고 싶어 하지 않았기 때문이다. 딸 리사를 제외한 모든
사람들은 아는 것이 많을수록 불행해지며 행복을 위해서는
차라리 아무 것도 모르는 채로 살아가는 게 낫다고 생각했다.
결국 호머는 뇌 속에 크레용이 없는 상태 그대로 살아갈 것인
지, 아니면 크레용을 뇌 속에 도로 넣을 것인지 고민하다가
후자를 선택했다.

이 이야기는 TV 애니메이션 시리즈 〈심슨 가족〉의 2001
년 시즌에서 방영된 것으로, 후일 캐나다 철학자 마크 킹웰
Mark Kingwell의 저서 『뇌 속에 박힌 크레용: 호머의 시대에 행복
짜맞추기』에도 등장했다.

킹웰은 호머의 이야기를 통해 행복의 추구에 대한 명제를
풀고자 했다. 우리 곁에 행복을 만들어내는 기계가 있다고 상
상해 보자. 기계가 만들어낸 행복이 무엇이건 간에 너무나도
완벽해서 실제 행복과 구분할 수 없을 정도라면, 여러분은 그
기계를 사용할 것인가? 아마 그 기계를 사용하는 사람은 거
의 없을 것이다. 사람들은 대부분 인위적으로 만들어낸 행복
이 진짜가 아니라는 사실을 알고 있거나 영원한 행복을 만드
는 기계가 언젠가 인간을 지배하는 폭군으로 변해 버릴까봐
두려워하기 때문이다.

호머의 선택이 특별한 이유는 바로 여기에 있다. 호머는 자신을 행복하게 만들어준 '크레용'을 뇌 속에서 뽑아낸 후 고통스러운 대가를 치러야 했다. 나중에 그는 딸 리사에게 크레용을 다시 집어넣은 것은 비겁한 짓이었다고 고백했지만, 놀라운 사실은 호머가 철학적인 전설 속에서 자신의 결정에 대한 위안을 얻을 수 있었을지도 모른다는 것이다.

고대 그리스 3대 비극작가 중 한 사람인 소포클레스 Sophocles의 작품 「오이디푸스 왕」에 등장하는 오이디푸스가 바로 그 예이다. 오이디푸스는 어느 날 길가에서 마주친 노인과 다투다가 노인을 우발적으로 살해하고 말았다. 그 후 오이디푸스는 스핑크스의 수수께끼를 푼 대가로 한 여인과 결혼하게 되는데, 오이디푸스가 살해한 노인과 오이디푸스의 부인은 바로 그의 부모였다.

오이디푸스는 이 끔찍한 사실을 전혀 모르는 채 평온하게 살아간다. 그러던 어느 날, 그는 예언자 티레시아스를 통해 그 끔찍한 사실을 듣게 된다. 티레시아스는 오이디푸스가 부모에게 저지른 악행으로 인해 테베 시(市)에 재앙이 찾아왔다고 이야기한다. 오이디푸스는 진실을 알게 되자 크나큰 고통을 견디지 못하고 어머니이자 부인의 브로치에 달린 핀으로 두 눈을 뽑아내 장님이 되는 길을 택한다. 그의 어머니 또한 자살하고 말았다.

이 이야기가 더욱 슬프게 느껴지는 것은, 오이디푸스가 자신의 의도와는 상관없이 우발적으로 저지른 죄에 대한 진실을 끝까지 몰랐다면 예전처럼 계속 행복하게 살아갈 수 있었기 때문이다. 오이디푸스는 크레용이 뇌 속에 들어있던 시절의 호머처럼 무지(無知)를 통해 구원을 받을 수도 있었다.

한편, 성경에 등장하는 아담과 이브, 에덴동산의 이야기는 오이디푸스의 이야기와 다른 의미를 지닌다. 하나님은 아담과 이브에게 에덴동산의 선악과(善惡果)를 따먹지 말라고 명령하는데, 그 이유는 인간이 선악과를 따먹는 순간, 선과 악을 알게 되기 때문이었다. 이 이야기에 담긴 의미가 무엇인지에 대해서는 오늘날까지도 여러 의견들이 분분하나, 그 중 한 가지는 선과 악을 아는 것이 오직 신에게만 허락된 지식을 갖게 되었음을 의미한다는 것이다.

아담과 이브는 신이 아니라 한낱 인간에 불과했다. 그들은 선악과를 따먹은 순간, 이 충격적이고도 심오한 사실을 알게 되었다. 결국 아담과 이브는 인간에게 허락되지 않은 지식을 욕심낸 죄로 에덴동산에서 쫓겨나 불행과 고통, 수치, 살인이 가득한 세상에서 살아야 했다. 천국처럼 순결한 곳에서는 무지(無知)가 곧 행복의 근원이었던 것이다.

이러한 생각은 신화가 효력을 잃어버린 오늘날까지도 사람들의 마음속에 깊이 남아 있다. 사람들은 대부분 어린이들의 순수함을 지켜주어 행복한 유년기를 보낼 수 있도록 도와주어야 한다고 생각한다. 즉, 진실을 감당할 능력이 부족한 어린이들에게는 차라리 진실을 알리지 않는 편이 낫다는 것이다. 어린이들은 분명히 해로운 것으로부터 보호받아야 하지만, 이는 그들이 무지한 존재이기 때문은 아니다.

〈심슨 가족〉의 호머처럼 지식 대신 무지를 택하는 행위를 비난하는 이들도 있다. 대부분의 계몽주의 철학자들은 무지가 때로는 위안이 되어준다는 사실을 잘 알고 있지만 무지를 옹호하지는 않았다. 그들은 독일의 철학자 칸트의 명령인 "네 자신의 주관에 따라 생각하라."를 충실히 따랐다. 또한 고통을 감수하면서까지 이성이라는 빛을 통해 무지의 어둠을 쫓아내고자 했다. 계몽주의 철학자들은 인간에게 결국 행복을 가져다주는 것은 지식이라고 생각했고, 인간이 자주 불행에 빠지는 것은 인간의 본질적인 상태가 슬픔과 고통이기 때문이 아니라 그저 인간이 무지한 탓에 행복으로 이르는 길을 미처 알아보지 못하기 때문이라고 믿었다. 계몽주의 철학자들은 인간이 무지에서 벗어날수록 더욱 행복해진다고 주장한 것이다.

어떤 사상은 인간에게 무지 대신 현실을 직시하며 꿋꿋하게 살아가라고 채찍질한다. 이 사상은 '모르는 게 약(藥)'이라는 토마스 그레이Thomas Gray의 주장을 변형한 것으로, 어리석은 무지(pig-ignorance)와 현명한 무지(wise ignorance)를 구분한다. 미친 사람이나 망상가, 형편없는 고집쟁이는 어리석은 무지에 빠진 채 어둠 속을 헤맨다. 그들은 어리석은 무지를 통해 나름대로 행복을 간직할 수 있을지는 몰라도, 그러한 행복은 천박하고 불안정한 것이다.

그러나 현명한 무지는 이와 완전히 다른 것으로, 오직 자신이 가진 지식의 한계를 아는 자만이 지혜를 얻을 수 있다는 소크라테스의 주장에서 비롯된다. 우리는 모두 무지한 존재이나, 그러한 사실을 아는 순간에 현명한 자가 될 수 있다. 소크라테스는 현명한 무지를 깨닫고 난 후, 깊은 만족을 느꼈다.

어리석은 무지는 하찮은 기쁨에 불과하나 현명한 무지는 최고의 행복이다. 소크라테스 외에 다른 몇몇 사람들도 이 진리를 잘 알고 있었다. 이탈리아의 신학자 토마스 아퀴나스 Thomas Aquinas는 완전한 행복이란 오직 천국에서만 찾을 수 있으나, 인간은 자신의 불완전한 모습과 결점을 인식하는 순간 이러한 진리를 깨달아 지상의 행복을 얻을 수 있다고 주장했다. 또한 이는 행복이란 지상의 기쁨이 불완전하다는 사실을 깨닫는 데서 비롯될 뿐 아니라 항상 더 많은 것을 얻고자 하는 의지를 충족시키는 데서 비롯된다는 사실을 의미한다.

사람들은 때때로 명성이나 부(富)처럼 그 실체를 잘 알지도 못하는 것들을 갈망하지 않는가? 인간은 기껏해야 고급 잡지나 복권을 통해 사소한 기쁨을 누릴 수 있을 뿐이지만, 그래도 자신의 갈망을 충족시킴으로써 작은 행복을 얻을 수 있다. 이처럼 덧없는 갈망조차 인간에게 행복을 줄 수 있는데, 하물며 보다 성스러운 것을 원하는 현명한 갈망은 어떠하겠는가? 아마도 이러한 갈망은 인간에게 최고의 행복을 선사하는 근원이 될 것이다. '사랑은 지식이 없는 곳에 깃든다.'라는 아퀴나스의 말처럼, 무지는 인간에게 지상 최고의 행복을 선사하기도 한다.

중국 고대의 도교 철학가 장자는 자신의 꿈을 통해 현명한 무지가 행복의 근원이라는 진리를 깨달았다. 그는 어느 날 해질 무렵, 선잠을 자다가 자신이 나비로 변하는 꿈을 꾸었다. 꿈속에서 날개를 펄럭거리며 하늘 위로 날아다니는 순간, 그는 자신이 장자라는 사실을 완전히 잊어버림으로써 무아지경(無我之境)의 기쁨을 맛볼 수 있었다. 그러나 잠시 후 장자는 깊은 혼란에 빠지고 말았다. '나는 그저 나비가 된 꿈을 꾼 것일까? 아니면, 원래 나비인데 장자라는 사람이 되었다고 상상하는 것일까? 장자가 나비로 변한 것일까? 나비가 장자로 변한 것일까?'

그는 꿈에서 깨어나는 순간, 자신이 철학가라는 사실을 다시금 인식했다. 그러나 한때 꿈과 현실이 뒤섞이는 경험을 통해 지금까지 자신의 실체를 정확히 모르고 살아왔다는 사실을 깨달았다. 장자가 그 동안 배웠던 것은 단지 자신이 믿고 싶어 하는 허상에 불과했다. 공자의 말처럼 '진정한 지식은 자신이 얼마나 무지한가를 아는 것이다.' 장자는 이 진리를 깨닫는 순간, 생애 최대의 행복을 느꼈다.

현명한 무지는 철학적, 종교적 사상뿐 아니라 지식을 추구하는 과학의 토대를 이룬다. 과학은 수많은 것들을 발견할 수 있게 해 주고 기술을 통해 발견의 실용적 가치를 높이기도 한다. 그러나 진정한 과학이란, 발견을 단지 사물에 대한 통찰력을 높여주는 도구로 간주할 뿐이다. 진정한 과학이 주는 기쁨은 사물을 감추는 것이 아니라 사물의 새로운 면을 끊임없이 밝혀내는 데 있다.

자, 여러분의 눈앞을 가리고 있는 어리석은 무지에서 벗어나 자신의 무지를 인정함으로써 진정한 행복을 맛보라! 영국의 수필가 로버트 린드Robert Lynd는 이렇게 말했다.

"인간이 아는 가장 큰 기쁨은 깊은 무지 속에서 지식을 찾아내는 데 있다. 즉, 무지가 인간에게 선사하는 가장 큰 기쁨은 바로 질문하는 기쁨이다. 질문하는 기쁨을 잃어버렸거나, 이러한 기쁨 대신 남의 질문에 답하는 기쁨을 선택한 사람의 마음은 날이 갈수록 돌처럼 굳어갈 뿐이다."

모든 것이 나아질 것이다.

Things can only get better.

– 정치적 슬로건

'세상의 모든 노동자들이여, 단결하라!'

마르크스와 엥겔스는 '공산당 선언'을 통해 이와 같이 혁명적인 슬로건을 내세워 수많은 사람들의 주목을 받았다. 그러나 훗날 공산주의자들의 코를 납작하게 만들어버린 슬로건이 나타났으니, 바로 '공산주의자가 될 바에야 죽음을 택하겠다.'라는 것이었다. 이 슬로건은 원래 나치가 러시아 적대 세력을 배척하기 위해 만들어낸 선전 문구였으나 세계 제2차 대전이 끝난 후 구(舊) 소련의 공산주의 진영과 냉전 상태를 맞은 미국 정치가들에 의해 사용되었다. 소련과 미국의 냉전은 결국 미국의 승리로 끝났다.

이처럼 강력한 정치적 슬로건들은 이데올로기와 개인을 결합하는 역할을 한다. 그 목적은 사람들을 특정 정치사상에 깊이 끌어들여 마치 본인 자신이 그 슬로건을 만들어낸 것처럼 생각하도록 만드는 데 있다. 그 예로 2001년 존 하워드는 호주 수상 선거에서 '국가의 미래는 바로 우리의 결정에 달려 있다.'란 구호를 통해 큰 승리를 거두었다.

1997년 영국 노동당 역시 '모든 것이 나아질 것이다.'라는 슬로건을 통해 총선에서 압도적인 승리를 거두었다. 이 슬로건은 얼핏 들으면 할머니가 손자나 손녀를 달랠 때 흔히 쓰는 표현처럼 그저 평범하게 느껴지지만, 곰곰이 생각해 보면 그 속에는 여러 사람의 귀를 솔깃하게 만드는 강력한 효과가 숨어 있다. 영국 노동당의 슬로건에서 '나아지다'란 단어는 새로운 당의 출현을 통해 장차 정치, 재정 상태, 공공 서비스가 개선될 수 있을 뿐 아니라, 개인의 삶 또한 개선될 수 있다는 것을 의미한다.

행복에 대한 욕구는 복지정책의 필요성을 낳기도 한다. 지난 100년 동안 서구 세계의 사람들은 물질적으로 풍족한 삶을 누려 왔지만 제2차 세계 대전이 끝난 이후 언제부턴가 더 이상 행복을 느끼지 못하게 되었다. 아리스토텔레스 이후로 수많은 이론가들은 국가 정책의 목표는 공동의 선(善)을 실현하는 것이므로, 국민이 갈망하는 선(善)이 행복이라면 정치가들은 자신의 역할이 무엇인지를 다시 한 번 진지하게 생각해 보아야 한다고 주장했다. 어리석은 정치가들이여, 정책의 목적은 경제적 부(富)가 아니라 행복인 것이다!

오늘날 부탄과 덴마크는 국민의 행복을 우선시하는 국가로 손꼽힌다. 히말라야 오지에 있는 부탄 왕국은 국내 총생산이 아니라 국민 총행복(Gross National Happiness)을 기준으로 정책을 수립한다. 또한 덴마크는 최근 세계 각국의 주관적인 행복 지수를 알아보기 위해 실시된 조사에서 단연 1위를 차지했다.

부탄과 덴마크는 다른 나라들에 비해 어떤 특성을 가지고 있는 것일까? 부탄은 반(反) 봉건국가임에도 불구하고 국민

개개인이 자신의 사회적 지위에 순응함으로써 행복을 느끼고 있다. 어떤 학자들은 덴마크의 행복 지수가 높은 이유는 단지 의료 서비스가 훌륭하기 때문이라고 주장한다. 정치가들은 두 가지 이유 모두 달갑게 여기지 않을 것이다. 봉건주의는 일반적으로 부정적인 이미지를 가지고 있으며 의료 서비스를 개혁하는 것은 실패할 위험이 높기 때문이다.

정치가들은 차라리 일명 '긍정 심리학'의 힘을 빌리는 것이 나을지도 모른다. 프로이트의 말에 따르면 긍정 심리학은 신경질적인 우울증 환자를 정상인의 수준으로 치유할 수 있는 방법뿐 아니라, 정상인의 불행을 긍정적인 행복으로 바꾸는 방법을 연구하는 학문이다. 또한 긍정 심리학은 이러한 변화 과정에 영향을 끼치는 요인들을 연구한다.

긍정 심리학을 창시한 마틴 셀리그만Martin Seligman 교수는 긍정 심리학의 효과를 너무 높지도 낮지도 않은 적당한 수준, 즉 행복이 10~15 퍼센트 증가하는 수준으로 예측했다. 따라서 그가 주장하는 행복론, '노동량을 줄여라', '가족과 친밀하게 지내라', '건강을 유지해라', '사소한 것도 소중하게 여겨라'는 마치 어머니의 따뜻한 손길처럼 우리의 마음을 편안하게 달래 주는 효과가 있다.

셀리그만 교수는 행복에 영향을 끼치는 외적 요인들 중에서 가장 큰 비중을 차지하는 것은 국가의 빈부 수준과 통치 체제라고 주장한다. 외적 요인은 인간의 행복에 중대한 영향을 끼치며 정책은 이러한 외적 요인을 형성하는 토대로 작용한다. 그렇다면, 우리는 어떻게 해야 복지정책을 효과적으로 운영할 수 있을까? 그 답을 찾기 위해서는 우선 까다로운 문제 세 가지를 해결해야 한다.

첫 번째 문제는 행복을 쾌락과 동일시할 경우에 초래되는 결과에 대한 것이다. 첫째, 쾌락은 욕망을 충족시킬 뿐, 인간의 마음을 근본적으로 채워 주지는 못하기 때문에 쾌락을 통해 만족을 느낄 수 있지만 슬픔을 떨쳐버릴 수는 없다. 둘째, 인간은 욕망의 노예가 되어 불행해진다. 셋째, 이러한 불행은 날이 갈수록 더욱 심해질 뿐이다. 인간은 자신이 행복을 추구할 권리가 있다는 것을 잘 알면서도 실제로는 욕망의 노예가 되어 더 깊은 불행으로 빠져들기 때문이다. 루소는 이에 낙심하여 다음과 같이 말했다. "행복이 우리를 떠나거나, 우리가 행복을 떠난 것이다."

두 번째 문제는 버나드 윌리엄스가 사고(思考)실험을 통해 증명한 것이다. 어느 날 주차 위반 티켓을 발급하는 대신, 불법 주차자를 죽이는 것을 허용하는 정책이 제정되었다고 상상해 보자. 비록 몇 사람은 목숨을 잃겠지만, 불법 주차 문제는 단숨에 해결될 것이다. 현대 경제학의 핵심을 이루는 비용-편익 분석(비용과 편익을 비교 평가하여 정책을 결정하는 것-역주)에 따르면, 이 경우 사람을 죽이는 행위는 너그럽게 용서

받을 수 있다. 주차 문제가 해결된다면 수백 명이 더 큰 행복을 얻게 되기 때문이다.

물론 다른 비용-편익 분석을 통해 이 정책의 부당성을 주장하는 경제학자도 있을 것이다. 이 정책은 인간에게 행복을 선사하기는커녕 생명을 위협해 인간을 불행하게 만들 뿐이라고 말이다.

그러나 윌리엄스는 이 정책이 부당한 이유는 이해타산적인 계산법을 바탕으로 수립되었기 때문이 아니라, 이 정책을 통해 이해타산적인 계산법들이 사회에 파급될 우려가 있기 때문이라고 주장한다. 이해타산적인 계산법은 결국 인간을 하찮은 저당물로 간주할 뿐이며 인간의 존엄성과 행복 추구권을 무시한다. 오늘날 현대인들이 깊은 소외감과 불행을 느끼게 된 이유는 경제학자들의 정책 결정 과정에 인간적인 동정심이 결여되어 있기 때문이다.

세 번째 문제는 애덤 스미스Adam Smith의 이론과 관련된 것이다. 스미스는 『도덕 감정론』을 통해 상업사회의 출현이 인간의 생활방식에 끼치는 부정적인 영향을 염려했다. 그는 정책의 목표가 원래 인간에게 행복을 주는 것이었지만, 자본주의가 등장하면서 인간의 행복 대신 사회 협동을 목표로 하는 정책들이 생겨나게 되었다고 주장했다. 또한 사회 협동은 전쟁을 방지하고 인간에게 민주주의가 추구하는 덕목인 정의, 자비, 신중의 실천을 강조하지만, 사실은 극히 세속적인 것에 불과하다고 믿었다.

그렇다면, 이보다 더 고귀한 행복이란 목표는 대체 어떻게 실현할 수 있다는 말인가? 그 답의 일부는 사회 협동에서 찾을 수 있다. 아담 스미스의 주장에 따르면, '인간의 행복과 불행은 대부분 과거의 행동에 대한 사회적 동의 또는 비난에 따라 결정된다.'

사회 협동은 인간으로 하여금 다른 사람들의 존경과 칭찬을 받을 만한 행동을 하게 만든다. 예컨대 자신이 한 일에 대해 남으로부터 칭찬을 들었을 때 겸손하게 화답함으로써 상대방에게 더 큰 존경심을 불러일으키는 것이다. 이상적인 세상에서라면 누구나 이러한 행동을 통해 만족감을 느끼며 행복하게 살아갈 수 있다. 그러나 현실 세계에서는 칭찬 받을 만한 가치가 있는 행동을 한다고 해서 항상 그에 상응하는 칭찬을 받는 것은 아니다. 이 세상은 어느새 냉정한 상업주의와 경쟁에 길들여진 나머지, 열심히 노력하는 과정보다 겉으로 드러나는 성과를 더욱 중시하게 된 것이다.

우리의 직장생활을 살펴보더라도, 때로는 칭찬 받을 만한 가치가 별로 없는 것임에도 불구하고 많은 사람들의 칭찬을 받게 되는 경우가 있다. 직장에서 직원에게 보상을 내리는 기준은 '그 사람이 과연 어떤 인격과 품성을 지녔는가?'가 아니라 오로지 '그 사람이 어떤 업무 성과를 거두었는가?'이다. 정작 칭찬 받을 만한 성품을 지닌 사람은 단지 겉으로 드러나는 성과를 거두지 못했다는 이유 하나로 무시 받거나 뒷전으로 밀려나는 경우도 많다. 오늘날 직장에서 소외받는 사람들이 늘어나고 있는 이유는 바로 이 때문이다. 그리고 소외받는 사람은 결코 행복할 수 없다.

오늘날 우리 사회에 만연한 소비 중심주의, 비용-편익 분석을 기반으로 한 이해타산주의, 사회 협동으로 비롯된 가치관의 모순 등은 모두 복지 정책을 통해 해결되어야 할 문제들이다. 정치가들은 그 사실을 너무나도 잘 알고 있기 때문에 오히려 행복이라는 것을 섣불리 약속하지 않는다. 그리고 만약 정치가들이 모든 사람들에게 행복한 사회를 만들어주겠다고 자신만만하게 약속한다면, 우리는 결코 그 말을 믿지 않을 것이다.

인간이 불행한 것은
방 안에 가만히
앉아 있지 못하기 때문이다.

Man's unhappiness springs from one thing alone,
his incapacity to stay quietly in one room.

– 블레즈 파스칼Blaise Pascal

한 예술가가 작은 종잇조각들로 아라비아식 모자이크를 만들고 있다고 상상해 보자. 그녀는 이미 오래 전부터 날카로운 가위, 색지 두루마리, 자잘한 종이 부스러기들에 파묻힌 채 오직 종이를 자르고 맞춰보는 일만 반복해 왔다. 이 예술가의 가슴 속에는 반드시 훌륭한 예술작품을 만들고야 말겠다는 의지만이 불타고 있을 뿐이다. 이제 그녀는 독창성을 총동원하여 종잇조각들을 조심스럽게 풀로 붙이기 시작한다. 그 작업은 느릿느릿 기어가는 달팽이처럼 너무나도 오랜 시간과 노력을 필요로 하기 때문에 예술이라기보다는 차라리 고통의 연속이라고 하는 편이 나을지도 모른다.

마침내 그 고통스런 순간들도 다 지나가고, 대단한 걸작이 태어났다! 이 작품은 기하학적 구도를 바탕으로 색깔, 정교함, 통일성, 복잡성이 절묘하게 조화를 이뤄 마치 먼 옛날 무어인(모로코 지방에 거주하는 이슬람 인종-역주)들이 만들었던 모자이크 바닥이나 페르시아 융단에 나타난 매듭 장식을 방불케 했다. 이러한 작품들이 뛰어난 이유는 신비한 구도 때문이기도 하지만, 무엇보다 작가의 끊임없는 노력을 통해 무한한 신성(神性)이 표현되었기 때문이다. 일찍이 이슬람에서는 모자이크처럼 복잡한 문양들을 반복적으로 사용하여 신의 고귀한 품성을 묘사한 예술작품들이 발달했다. 작은 종잇조각들로 훌륭한 모자이크 작품을 만든다는 것은 어찌 보면 무모한 행동으로 보일지도 모르지만, 분명히 뭔가 대단한 의미를 담고 있다.

그러나 복잡한 생각은 이제 그만! 나는 이 예술가가 무슨 일을 하고 있는지를 굳이 이론적으로 따지고 싶지 않다. 이론적인 생각에 빠져드는 순간, 예술은 저 멀리 사라져버리기 때문이다. 그녀가 만든 작품을 미학적, 지적으로 논하다 보면 우리는 어느새 인간의 단조로운 정신세계를 온통 뒤흔들어 놓는 예술의 힘을 느끼지 못하게 된다.

작가의 예술적 광기와 결코 꺾일 줄 모르는 의지를 알아보지 못하는 것은 위대한 예술의 힘을 외면하는 행위와 같다. 예술을 그저 미적 대상 또는 상상의 주제로 즐기는 것은 쉬운 일이다. 그러나 작가가 길고 긴 시간 동안 오로지 종이를 자르고 맞추는 일에만 몰두했다는 것을 생각하면, 그저 놀라울 따름이다. 그녀가 마치 미친 사람처럼 모든 것을 잊고 단 한 가지 일에만 전념했던 것은 자신의 가슴 속에 예술을 향한 불굴의 의지가 불타오르고 있었기 때문이다.

이 예술가의 작업 환경이 얼마나 단조로웠을지 상상해보라. 작업에만 매달리는 삶은 얼마나 지루할까? 매일 작업실에 앉아 하루 온종일 작품에만 몰두해 있으면 얼마나 괴로울까? 그러나 예술의 위대한 힘은 인간으로 하여금 새로운 변화와 선택을 추구하는 삶과는 전혀 다른 삶, 즉 무한한 창작의 세계에 몰두하는 단조로운 삶을 택하게 만든다.

　이제 예술가의 작업실에 들어가 보자. 여러분을 기다리는 것은 아무 무늬도 없는 하얀 벽, 차가운 빛을 내뿜는 형광등 뿐이다. 다소 살벌한 풍경이지만, 작업의 특성상 수많은 종잇조각들을 제대로 자르고 짜 맞추기 위해서는 어쩔 수 없다.

　예술가는 모든 것을 잊고 작품에만 몰두한 채 걸작을 만들어낸다. 나침반의 자침(磁針)이 나그네의 발길을 이끌듯, 작품은 그녀의 삶 전체를 이끈다. 작품 활동은 예술에 기여한다는 점에서 긍정적인 의미를 가지고 있으나 예술가의 삶 속에 마치 습관처럼 들러붙어 성격까지 변하게 만들어 버린다. 이제 그녀는 하루라도 작품을 마주하지 않으면 불안할 정도로 신경이 온통 곤두서 있다. 예술가의 삶은 마치 작품에 대한 복종으로 가득 차 있는 것처럼 보인다.

　이처럼 예술은 놀라운 것이다. 많은 사람들이 예술가의 삶은 자유롭고 변화무쌍하리라고 생각하지만, 사실은 그렇지 않다. 예술가의 삶은 걸작을 만들어야 한다는 압박감으로 가득 차 있으며, 심지어 단 한 번이라도 작업실을 방문한 적이 있는 사람이라면 그들의 삶이 가혹하게만 느껴질 것이다.

　여기서 우리는 인생에 대하여 수많은 의문을 갖게 된다. 작업실을 방문한 사람, 즉 소비자의 삶처럼 새로운 변화와 선택을 추구하는 삶은 예술가의 탁월한 삶과 전혀 다른 것일까? 지칠 줄 모르고 오직 작품만을 주시하는 예술가의 노력이 애정에서 비롯된 것이라면, 오락거리를 찾는 사람의 마음 속에는 애정이 없는 것일까? 행복을 찾기 위해서는 반드시 예술가처럼 맹목적인 복종이 필요한 것일까? 그렇다면, 무엇에, 어떻게 복종해야 할까?

초기 기독교 교회를 대표하는 사막의 신부(속세를 벗어나 주로 사막에서 수행한 성직자들-역주)들은 일곱 가지 죄악, 탐식, 탐욕, 나태, 음란, 교만, 시기, 분노 중 나태를 통해 이러한 수수께끼들을 풀고자 했다. 나태의 의미는 곧 권태로 확장될 수 있다.

라르스 스벤젠Lars Svendsen은 그의 흥미로운 저서 『지루함의 철학』에서 권태가 죄악시된 이유를 다음과 같이 밝혔다.

'에바그리우스 폰티쿠스(로마시대 사막의 신부 중 한 명으로 여덟 가지 죄악에 대한 목록을 작성했다. 여덟 가지 죄악 중 낙심과 슬픔은 후일 교황 그레고리우스 1세에 의해 나태로 통합되었다.-역주)는 나태를 악마와 같은 것으로 간주했다. 나태의 악마는 모든 악마들 중에서 가장 교활하여 대낮에도 수도사를 공격한다. 이 악마의 공격을 빈은 수도사는 마치 하루 종일 해기 중천에 떠 있는 양 한없는 나태 속으로 빠져든다. 그의 눈에는 모든 것이 그저 맥 빠지고 지루하게만 보일 뿐이다. 그는 이 악마의 손길에 사로잡혀 자신의 현재 상태를 혐오하며, 마침내 인생 자체까지 혐오하게 된다.'

이처럼 권태를 죄악시한 사람들은 인생을 혐오하는 것이

곧 신을 혐오하는 것이며, 권태는 죽어야 마땅한 중죄라고 믿었다.

파스칼은 이 사상을 보다 현대적인 개념으로 해석했다. 그의 주장에 따르면 권태는 사람들이 무료함에 빠지지 않으려고 의존하게 되는 오락과 밀접한 관계가 있다. 사람들은 불행을 너무나도 두려워하기 때문에 아무리 사소한 것이라도 기분 전환이 될 만하면 기꺼이 몰려든다. 파스칼은 이러한 사람들의 모습을 두고 "큐(당구공을 칠 때 쓰는 긴 막대기-역주)로 당구공을 톡톡 치는 것 같다."고 말했다.

오락의 문제점은 그 즐거움이 결코 오래 가지 않는다는 것이다. 아무리 재미있는 오락이라도 시간이 지나면 곧 지루해지고 만다. 오락은 인간을 몰두하게 만드는 것이 아니라 그저 기분을 좋게 할 뿐이므로 인간에게 별 의미를 갖지 못한다. 때에 따라서는 오락이 기분전환에 도움이 되기는커녕 상황을 순식간에 악화시키는 경우도 있다.

척 팔라니욱Chuck Palahniuk의 소설 『파이트 클럽』에서 화자(話者)는 현대사회 소비자들의 전형적인 생활양식을 보여준다. 그는 깊은 권태에 빠진 나머지, 어떤 오락거리에도 감흥을 느끼지 못하고 밤마다 불면증에 시달린다. 그러던 어느 날, 그는 무료한 생활에서 벗어나기 위해 지하에 파이트 클럽을 만들게 된다. 이 클럽은 남자들이 맨주먹으로 싸움을 즐기며 피투성이가 됨으로써 권태를 씻어내는 곳이었다. 여기서 폭력은 행복을 의미하지는 않지만 적어도 권태를 쫓아내 준다는 점에서 특별한 의미를 갖고 있다.

폭력이나 공포가 기분 전환에 별로 도움이 되지 못한다면, 충격 요법은 어떨까? 예술계는 '새로운 것으로부터의 충격'과 '오래 된 것으로부터의 충격'을 통해 관객에게 훌륭한 오락을 선사하고자 노력해 왔다. 즉 예술은 점점 진부한 타성에 젖어가고 있으므로 충격적인 시도를 통해 이러한 현상을 타개해야 한다는 것이다.

선택 증가 이론은 오락 중심의 문화를 양산한다는 점에서 인간에게 해롭다. 이 이론은 일시적인 흥분을 최고의 가치로, 더 강한 자극을 행복으로 둔감시킨다.

슈퍼마켓에서 빵이 진열된 곳에 와 있다고 상상해 보자. 045
갈색 빵, 흰 빵, 곡물 빵, 호밀 빵, 신선한 마늘빵, 유기농 빵 등 온갖 빵들이 주인을 기다린다. 그야말로 우리 눈앞에 선택의 문이 활짝 열려 있는 것이다. 그러나 이 중에서도 유독 소박하고, 두 쪽으로 쪼갤 때 신선한 향기와 하얀 가루를 뿜어내는 바게트 빵에 손이 가는 이유는 무엇일까? 선택의 폭이 아무리 넓다 해도 소박한 바게트 빵을 이길 수 없다. 바게트 빵의 소박함은 그 자체만으로 충분하며 어느 빵보다도 탁월하다. 바게트 빵을 제외하면, 슈퍼마켓의 진열장은 그저 요란하고 산만하게 보일 뿐이다.

이름 없는 한 예술가가 색종이를 자르고 붙이는 행위를 통해 성취하는 삶의 의미를 어떻게 하면 이해할 수 있을까? 이 등변 삼각형을 떠올려 보자. 세 변 중에서 짧은 것은 수평선 상에, 길이가 같은 나머지 두 변은 그 위에 피라미드처럼 높이 솟아있다. 이 삼각형에서 낮은 수평선은 권태를, 중간 지점은 흥분 상태를 의미한다. 그리고 꼭짓점은 탁월함을 상징한다. 수평선 위에서 권태와 흥분 상태를 오가며 살아가는 것은 쉽다. 그러나 더 높은 곳을 바라보면서 탁월함의 경지에 오르기 위해 생활수준을 높여가기란 매우 어려운 일이다.

권태와 흥분은 오래 지속되며 때로는 그리 나쁘게 느껴지지 않을지도 모른다. 그러나 권태와 흥분 사이를 무기력하게 오가는 대신, 우리는 더 높은 곳으로 올라갈 수 있다. 탁월해진다는 것은 권태와 흥분을 초월하는 것이다.

사상가는
마치 사랑에 빠진 사람처럼
철학적으로 생각한다.

The thinker philosophises as the lover does.

– 윌리엄 제임스William James

18세기 프랑스의 대표적 계몽사상가 볼테르Voltaire는 어느 훌륭한 지식인에 대한 이야기를 쓴 적이 있다. 이 지식인은 40년 동안 중대한 문제들을 탐구하다가 어느 날 갑자기 한 자리에 멈춰서고 만다. 심지어 그는 차라리 세상에 태어나지 않았으면 좋았을 거라고 생각하며 이렇게 절규한다. "나는 지난 40년간 오로지 연구에만 매달렸으나, 모두 시간 낭비였다는 것을 깨달았다."

그로부터 며칠 후, 지식인은 우연히 이웃에 사는 한 노부인과 이야기를 나누게 되었다. 그는 여전히 고민에 빠진 채 이 노부인에게 "영혼이 어떻게 만들어졌는지를 몰라서 불행하다고 느껴본 적이 있으십니까?"라고 물었다. 그러나 노부인은 이 질문에 대답하기는커녕, 질문의 뜻을 이해조차 하지 못했다.

여러분은 이쯤 되면 지식인이 더 큰 고통에 빠졌으리라고 생각할 것이다. 그러나 사실은 그렇지 않았다. 지식인은 노부인이 그 질문을 이해하지 못하는 모습을 보고 고민에서 벗어나게 된다. 그는 자신이 '만족하는 자동인형'의 행복을 갈망하는 사람이 아니라는 사실을 깨달은 것이다. 결국 저 노부인은 오히려 지식인에게 행복의 열쇠를 건네준 셈이다. 이 지식인이 중대한 문제들을 푸는 데 몰두했던 세월은 결코 헛된 것이 아니었다. 단지 그가 실수한 것이 있다면, 열정적인 답보다 진부한 답들을 추구했다는 점이다.

볼테르가 이 이야기를 쓰던 시절, 철학은 점점 더 추상적인 방향으로 흘러가고 있었다. 극히 보편적이고 현실적인 사상을 논할 때에도 현실과 유리된 추상적이고 오만한 어조를 사용했고, 자신들은 고귀한 것을 좇고 있다고 생각했다.

만약 고대 그리스 철학자들이 볼테르의 시대에 살아났다면, 이러한 상황을 보고 무척 당황했을 것이다. 물론 그들이 추상적인 사고를 전혀 하지 않았다는 것은 아니다. 단지 그리스 철학자들은 추상적인 사고를 하더라도 추상성 그 자체로 빠져들지는 않았다. 그들이 생각하기에 사상가는 사랑에 빠진 연인과 달리, 철학적으로 사색하지 않는다.

한편, 철학자와 연인의 행동에는 서로 일치하는 점이 있다. 고대 그리스 철학자 플루타르크Plutarch는 소위 '자연철학'이라 불렸던 것에 깊이 심취한 사람들의 행동을 다음과 같이 묘사했다.

지금까지 어느 남자도 사랑하는 여인과 육체관계를 맺은 후, 깊은 행복에 빠진 나머지 밖으로 나가서 소를 잡아 제사를 드리지는 않았다.

또한 궁전에서 진미를 실컷 맛볼 수만 있다면 그 자리에서 죽어도 좋다고 기도하는 사람도 없었다. 그러나 천문학자 에우독수스는 직접 태양 가까이 다가가 행성의 모양, 크기, 구성을 확인할 수만 있다면, 파에톤(고대 그리스 신화에서 자신이 태양신의 아들이라는 사실을 증명하기 위해 태양을 싣고 마차를 몰다가 제우스신의 노여움을 사 번갯불에 타 죽음-역주)처럼 불에 타 죽어도 좋다고 기도했다. 또한 피타고라스는 수학적 정리(定理)를 발견한 후 소를 잡아 제사를 드렸다.

플라톤은 철학자와 연인의 유사성을 다른 방식으로 탐구했다. 플라톤의 대화편 「파이드로스」에는 인간의 애정이 우정의 영향을 받았을 때 철학에 대한 애정으로 변해가는 과정이 묘사되어 있다. 플라톤은 철학자 소크라테스의 생애에 대한 사례 연구를 통해 이 과정을 규명했다.

어느 날, 소크라테스는 친구 파이드로스를 우연히 만났다. 두 사람은 강가에 누워 인생과 사랑에 대한 이야기를 나누었다. 당시 이 두 사람은 각각 사랑에 빠져 있었기 때문에 인생과 사랑에 대해 깊은 관심을 가지고 있었다.

소크라테스와 파이드로스처럼, 사랑에 빠진 사람은 철학적인 주제에 대해 사색하는 것을 즐긴다. 플라톤은 최고의 사랑을 이끌어내는 것이 과연 성적(性的)인 욕망인지, 아니면 철학적인 욕망인지를 밝혀내고자 했으나 두 욕망이 결국 일치한다는 결론을 내렸다.

인간은 사랑에 빠지게 되면 처음에는 본능적인 욕망에 의해 연인에게 강하게 이끌린다. 이와 같이 동물적인 사랑은 미치광이 말이 끌고 다니는 마차처럼 인간을 격렬한 감정으로 치닫게 만든다. 그러나 사랑은 동전의 양면과 같이 인간적인 측면도 갖고 있어 사랑하는 사람에게 순수한 호의를 베풀게 만들기도 한다. 사랑에 빠진 사람은 운이 좋으면 상대방의 눈길을 사로잡아 호감을 얻게 된다. 누군가의 사랑을 받는다는 것은 언제나 즐겁다.

두 사람이 대화를 통해 서로 마음이 통한다는 것을 발견한 순간, 새로운 관계가 시작된다. 이 두 사람은 서로의 우정이 각자 지금까지 경험해 왔던 수많은 인간관계 중에서 가장 가치 있는 것이라는 사실을 깨닫고 큰 놀라움을 느낀다. 동굴 안에서 소리를 내면 메아리가 크게 울려 퍼지듯, 사랑은 날이 갈수록 커져간다. 사랑은 생명수처럼 두 연인의 몸과 마음을 충만하게 만든다.

플라톤의 말에 따르면, 삼류 시인들은 사랑 'love'와 난폭하게 밀어붙이는 행위 'shove'의 각운(脚韻)을 맞췄다고 한다. 그러나 사랑 'love'는 두 연인의 감정이 점점 더 고귀한 수준으로 발전한다는 점에서 높은 곳을 향하는 'above'란 단어와 각운을 맞춰야 마땅하다.

어떤 연인들은 서로 거짓된 태도를 취하기도 한다. 그들은 속으로는 상대방에게 미움이나 적대감을 갖고 있으면서도 겉으로는 상대방을 열렬히 사랑하는 척한다. 그러나 진실한 연인들의 경우에는 상대방의 소망과 성격을 충분히 이해하고 있다. 사랑의 마법은 바로 여기서 시작된다. 그들은 상대방을 경외심으로 대하며, 단지 이 세상에 태어나 누군가를 사랑하며 살아가고 있다는 사실만으로도 큰 경이로움을 느낀다. 이처럼 순수한 사랑에 빠진 사람은 자신의 연인이 아니라 인생과 철학에 대한 정열을 품게 된다. 그들은 사랑이 무엇인지 알고 싶어 하며, 예전에는 전혀 알지 못했던 새로운 것들을 깨닫게 된다. 이 새로운 깨달음은 날이 갈수록 가슴 속에서 열렬히 타올라 심오한 문제들을 사색하게 만든다. 이러한 행위는 일종의 광기와도 같은 측면을 갖고 있으나, 결코 헛된 것이 아니며 어떤 난관도 용감하게 헤쳐 나갈 수 있는 힘을 준다.

이것이 바로 사랑의 힘이다. 사랑은 인간사회에 흔히 존재하는 타산적인 이해관계를 초월한다. 그러므로 사랑에 빠진 사람은 단순히 추상적, 객관적, 이성적인 지식을 초월한 새로운 지식, 즉 '사랑의 지식'을 얻게 된다. 사랑의 지식은 주관적이며 사랑에 빠진 당사자에게는 어디까지나 진실한 것이다.

상대방에 대한 일시적인 정욕보다 더 고귀하고 가치 있는 것에 대한 갈망이 꽃피우는 사랑은 '에로틱한 우정'이라 할 수 있다. 플라톤은 이러한 감정을 부모가 되고 싶어 하거나 새로운 사상을 구축하려는 창조적인 욕구로 해석했다. 또한 철학은 바로 에로틱한 우정을 기반으로 형성되어야 한다고 주장했다. 이러한 점에서 철학자 들뢰즈Deleuze, 가타리Guattari 는 플라톤의 철학을 '철학(philosophy)' 대신 '에로학 (erosophy)'이라 불러야 한다고 주장했다.

이 약은
기독교와 술이 주는 장점만을
가지고 있으며, 완벽하다.

All the advantages of Christianity and alcohol ; none of their defects.

-올더스 헉슬리Aldous Huxley, 『멋진 신세계』 중
완벽한 환각제 소마soma를 설명하는 문구

옛날에 한 인간이 살았다. 그는 두 다리로 걸었고 커다란 머리를 가졌으며 수만 년에 걸쳐 진화를 거듭한 끝에 부정적, 긍정적인 기분상태를 모두 가지게 되었다. 부정적인 기분상태는 자신의 생명을 위협하는 적으로부터 멀리 도망쳐야 한다는 두려움과 생존을 위해 싸워야 한다는 강박관념이었다. 긍정적인 기분상태는 쾌락과 만족으로, 그는 이를 통해 보다 즐겁게 살아갈 수 있는 방법들을 찾게 되었다.

인간은 번영을 누리는 데 성공하며 자연환경의 제약 따위는 거뜬히 극복할 수 있게 되었다. 그는 여기서 만족하지 않고 새로운 기술을 개발하여 멋진 신세계를 만들어내기에 이르렀다. 생명에 대한 위협이 거의 사라졌기 때문에 인간은 이제 더 이상 적을 피해 도망가거나 적과 싸워야 할 필요가 없어졌다. 또한 식량처럼 생존에 필요한 것들을 손쉽게 얻을 수 있었으므로 굳이 착한 일을 해서 보상을 받으려고 애쓸 필요도 없었다.

그러나 세싱은 점점 나빠지기 시직했다. 이제는 식량을 구하는 것이 너무나도 쉬웠기 때문에 비만 현상이 전염병처럼 퍼져나갔다. 이는 인간의 진화가 시작된 이후 처음으로 인간의 수명이 짧아지기 시작했음을 의미했다. 더 기이한 현상은 식사처럼 예전에는 그저 기쁨만을 주던 일들이 커다란 불행의 원인으로 작용하게 되었다는 것이다.

그러던 어느 날, 마침내 신경학자들이 등장하여 이러한 현상을 연구하기 시작했다. 일부 신경학자들은 인간의 뇌에 대한 새로운 사실들을 발견했을 뿐 아니라 인간의 본질에 대한 비밀을 손에 넣게 되었다고 생각했다. 그들은 새로운 연구 분야, 즉 존재학이라는 것을 개발했다. 신경학자들은 굉장히 뛰어난 지적 능력을 가지고 있었으므로 인간의 거대한 뇌에서 일어나는 화학적 전기적 작용을 변화시켜 기분상태까지 변화시키는 방법과 약을 발명해냈다. 그들의 주장에 따르면 인류는 종족 진화의 희생양으로 전락해 버리고 말았다. 인간은 손발로 기어 다니던 시절보다 진화했음에도 불구하고 생활이 풍족해짐에 따라 식탐을 자제하지 못하게 되었다. 또한 인간은 나무 위에서 살던 시절보다 진화했음에도 불구하고 환경이 인위적으로 변해감에 따라 자연 그대로의 상태에서는 행복을 찾지 못하게 되었다. 진화를 통해 발전한 인간의 모습은 바로 이러했다.

그러나 존재학자들은 인간을 치료할 수 있는 방법을 알고 있었다. 그들은 비탄에 빠진 인간에게 예전보다 더 큰 행복과 건강을 선사하는 약을 개발했다. 이 약은 인간의 뇌에 직접적인 영향을 끼쳐 행복만을 느끼게 하는 효과가 있었다.

존재학자 한 사람은 영국 작가 올더스 헉슬리Aldous Huxley의 소설 『멋진 신세계』에 대해 들은 적이 있었다. 『멋진 신세계』

는 과학 문명이 모든 것을 지배하는 세계를 그린 반(反) 유토
피아적 풍자소설로, 소설 속에서 인간의 고민이나 불안은
'소마soma'라는 이름의 신경 안정제로 해소된다. 존재학자는
바로 소설 속에 내오는 이 약의 개발 작업을 시작했고, 이를
'소마 프로젝트'라 불렀다. 그러나 훗날 어떤 사람들은 그가
실제로 이 소설을 읽었는지를 의심하기도 했다.

소마 프로젝트를 반대하는 사람들도 있었다. 그들은 이 프
로젝트가 인간을 마치 엔진처럼 조작이 가능한 화학적 전기
적인 기계로 전락시키는 것이라고 주장했다. 또한 소마 프로
젝트는 인생의 영적(靈的)인 측면을 무시하는 것이라고 비난
했다. 그러나 존재학자들은 이러한 주장이 말도 안 되는 헛소
리라고 비웃으며 다음과 같이 대답했다.

"그런 케케묵은 미신은 당장 잊어버리십시오. 그런 미신은
원주민들이 사는 깊은 밀림에서나 소용이 있을 뿐, 도시에서
는 아무 소용도 없습니다."

어떤 이들은 새로 발명된 약이 심각한 우울증 환자나 극도
로 쇠약한 사람에게 효과가 있을지는 몰라도, 순수한 기쁨이
나 진정한 창조성, 열정을 주지는 못한다고 주장했다. 그러나
존재학자들은 이렇게 생각했다. '설령 그 말이 옳다고 해도,
우리가 인간의 수많은 문제들을 해결하기 위해 더 이상 무엇
을 할 수 있단 말인가? 우리는 최선을 다했고 이 약은 우리가
제시할 수 있는 최선의 해결책이다.'

다른 사람들은 인류가 이미 생활환경을 변화시킨 적이 있기 때문에 그런 변화를 다시 한 번 일으킬 수 있다고 주장했다. 또한 인간은 단순한 생존방법뿐 아니라 더 잘 사는 방법을 터득했기 때문에 예전보다 더 현명하게 생활환경을 변화시킬 수 있다고 믿었다.

그들은 맹목적인 쾌락을 멀리하고 매사를 너무 심각하게 받아들였으며 삶의 가치를 높이는 행동 양식과 윤리 기준을 강조했다. 그러나 존재학자들은 이러한 주장에 회의적인 태도를 취했다. 이 주장은 도덕만을 고집할 뿐, 철학자와 신학자들이 떠들어온 비과학적인 사고방식에 불과하다는 것이다. 존재학자들은 진화의 힘이 윤리보다 훨씬 강하다고 생각했다.

"우리가 개발한 약을 드십시오!" 존재학자들은 이 말을 계속 되풀이하며 거금을 들여 약의 효과를 선전했고, 결국 인간은 이 약을 먹게 되었다.

Deep Thought on Life

They say travel broadens the mind; but you must have the mind. Grub first, then ethics. We do not look in great cities for our best morality. One cat always leads to another. Haste is universal because everyone is in flight from themselves. Photography is truth. Cinema is truth at twenty-four times per second. The innocent sleep As for sex, it is the rubbing together of pieces of gut, followed by the spasmodic secretion of a little bit of slime.

They say travel broadens the mind; but you must have the mind. Grub first, then ethics. We do not look in great cities for our best morality. One cat always leads to another. Haste is universal because everyone is in flight from themselves. Photography is truth. Cinema is truth at twenty-four times per second.

인생을 풍요롭게 만드는
42가지 생각 The Everyday Life

여행은 정신을 넓혀준다고 하지만,
우리는 먼저 정신부터 가져야 한다.

They say travel broadens the mind; but you must have the mind.

− G. K. 체스터튼G. K. Chesterton

시리아는 오늘날 국제 정치무대에서 시시한 약소국으로 무시 받고 있으나, 여행자에게는 가장 큰 기쁨을 선사하는 곳이다. 특히 아파미아Apamea는 시리아를 여행하는 사람이라면 반드시 찾아가야 할 곳으로, 여기서는 오론테스Orontes 강 계곡의 광활한 평원이 한눈에 내려다보인다.

이 도시는 시리아의 대표적인 관광 명소 팔미라Palmrya처럼 유프라테스Euphrates 강으로 이어지는 사막에 세워져 있으며 고대 로마의 아름다운 유적들을 그대로 간직하고 있다. 비옥한 경작지 위에 세워진 카르도 막시무스cardo maximus에는 커다란 원형 기둥들이 1킬로미터 넘게 줄지어 서서 관광객들에게 마치 빛나는 하얀 대리석이 눈앞에 끝없이 펼쳐진 듯한 장관을 선사한다. 한때 중심가를 호화롭게 장식했던 상점들의 정면 또한 옛 모습 그대로이다. 해질 무렵 시원한 바람을 맞으며 중심가를 거닐다 보면 예나 지금이나 변함없는 이 도시의 풍경을 만끽할 수 있다.

또한 살라딘Saladin 성(城)으로도 알려진 십자군 요새 손Saone에 가보는 것노 좋다. 웅상함에서는 크락 드 슈발리에(기사들의 성(城)을 의미하는 세계 최대 규모의 중세 성채-역주)가 앞설지 모르지만, 손은 미적 경관에서 단연 앞선다. 이 성곽은 깊은 골짜기 속 푸른 산봉우리에 우뚝 솟아 있다. 지중해가 황금빛 석양으로 물들 무렵이면, 해변에 맞닿은 서쪽 골짜기는 마치 천국으로 가는 길처럼 찬란하게 빛난다.

아랍 독립운동을 도운 영국군 장교 T.E. 로렌스는 이 요새가 불과 이틀 만에 살라딘에 의해 함락될 수밖에 없었던 결정적인 이유가 요새 주변의 불리한 지역적 조건 때문이었다고 지적했다. 하지만 주변 지역의 아름다운 모습을 보면, 이곳은 낭만과 멋을 아는 십자군이 요새를 세우기에 안성맞춤인 장소라는 사실을 금방 알게 된다.

이 성곽의 명물을 꼽는다면 단연 북쪽 벽에 설치된 물탱크라 할 수 있다. 이 물탱크는 위풍당당한 아치형 구조물을 통해 하늘 높이 솟아 있을 뿐 아니라 지붕의 길이가 무려 32미터에 달한다. 따라서 물탱크 안에서 소리를 치면 그 여운이 15초 동안이나 사방에 울려 퍼지게 된다. 영리한 가수라면 물탱크 안에서 이러한 음향 효과를 이용하여 4부 합창곡의 독창 부분을 훌륭하게 연기해 낼 수 있을 것이다.

시리아를 여행했을 때 관광 안내책자에서 나의 시선을 가장 많이 끌었던 곳은 손 요새보다 더 인적이 드문 네비 우리Nebi Uri였다. 네비 우리는 터키와의 국경 지역에 위치한 곳으로, 이곳에 가려면 택시를 대절하는 수밖에 없었다. 교통비로 100달러라는 거금을 써야 했지만 도중에 다른 관광지도 몇 군데 들를 수 있다는 점을 생각하면 별로 나쁘지는 않았다.

우리 일행 중에는 택시를 이용하는 것보다 더 쉬운 방법으로 네비 우리까지 갈 수 있는 길을 아는 사람이 아무도 없었고, 우리가 묵었던 호텔 매니저는 "저희는 손님을 위해서라면 무엇이든지 다 할 수 있습니다."라고 거듭 말하며 좋은 여행지를 추천해 주겠다고 제안했지만, 우리는 그의 힘을 빌리지 않고 네비 우리를 직접 찾아가기로 결정했다.

여행지를 결정하고 나자, 또 다른 문제가 나타났다. 네비 우리는 모음이 많아서 아랍어로 발음하기가 어려울 뿐 아니라, 그밖에 다른 이름들로도 불린다는 것이다. 하지만 택시 기사에게 지도에서 네비 우리 근처에 위치한 키르루스^{Cyrrhus}를 가리키면 목적지를 제대로 찾아갈 수 있다고 생각했다. 키르루스는 2세기에 융성했던 도시로, 로마 시대부터 사용되어 온 홍예교 덕분에 관광객들의 많은 사랑을 받고 있다.

그러나 시리아 사람들은 터키 국경지역에 대해서는 지도를 별로 믿지 않는 모양이었다. 이 지역은 영토권을 둘러싼 유혈 분쟁이 일어났던 곳으로 지도상에도 매우 복잡하게 그려져 있었다. 우리가 택시 기사에게 목적지를 설명하고 택시 요금을 흥정하기 위해 아무리 열심히 지도를 보여주어도 허시였다. 택시 기사는 지도를 열심히 들여다보는 척하다가도 우리가 설명을 마치고 나면 곧 행인에게 이 수수께끼 같은 장소가 도대체 어디냐고 물어보곤 했다. 상황이 이런 식으로 계속되다가는 네비 우리에 도착하기는커녕 출발조차 못하고 포기해야 할 것 같았다.

그러나 천만다행으로 영어를 할 줄 아는 교회 목사를 만나 그의 도움을 얻어 문제를 해결할 수 있었다. 그는 우리가 가고 싶어 하는 목적지를 파악한 다음, 자신의 교회에 다니는 택시 기사 조지 나세르에게 전화를 걸어 주었다. 우리는 몇 분 후 조지와 만나게 되었고 다음 날 아침 출발하기로 했다.

다음 날 아침, 조지는 택시를 몰고 호텔로 왔고 목적지를 향해 떠나기 전에 그의 집에 들러 딸 마냐를 소개해 주었다. 마냐는 영어를 연습하기 위해 우리와 동행하기로 되어 있었다. 마냐가 동행하지 않았다면 우리는 여행을 제대로 즐길 수 없었을지도 모른다. 우선 조지는 알레포를 떠나본 적이 한 번도 없었기 때문에 알레포를 지날 때 세 번이나 성호를 그을 정도로 불안해했다. 반면 마냐는 전쟁의 고통을 직접 겪지 않은 첫 세대여서 터키 국경에 가까이 와서도 별로 두려워하지 않는 것 같았다. 그녀는 이렇게 말했다. "저희 증조할아버님의 가족 분들은 터키를 떠나 피난길에 오르셨어요. 증조할머님께서는 도중에 돌아가시고 종조부님은 총상을 입으셨지요. 나중에 저는 제 아이들에게 그 이야기를 들려주고 그 애들을 데이르 에즈 조르(유프라테스 강 유역 동쪽에 위치한 마을. 영토 분쟁으로 목숨을 잃은 2백만 명의 넋을 추도하기 위한 성당이 세워짐-역주)에 데려갈 거예요."

우리는 가장 먼저 무샤비크에 도착했다. 하워드 버틀러 Howard Butler의 저서 『4세기~7세기의 시리아 초기 교회들』에 따르면 무샤바크는 시리아에서 비잔틴 제국의 교회들을 가장 원형에 가깝게 보존한 곳이다. 또한 그 보존상태가 너무나도 훌륭해 100년 전 이 교회들을 예배당으로 다시 사용하기 위해 보수공사를 실시할 때에도 지붕의 박공을 수리하고 목재 지붕을 복구한 것이 전부였다고 한다. 그 이후로 100년 동안 이 건물들은 거의 변함없이 보존되어 왔다.

발길을 돌려 아프린Afrin 강 계곡의 나지막한 평원지대로 가면 기원전 1,000년 이후로 당당한 위엄을 지켜온 신(新) 히타이트neo-Hittite 아인 다라Ain Dara 사원을 만나게 된다. 이 사원의 벽은 높이가 약 60m로, 군데군데 부서지긴 했으나 지성소를 지키는 사자, 스핑크스 등 다채로운 조각 장식들을 그대로 간직하고 있다. 정문 계단은 길이가 1미터나 되는 커다란 발자국 무늬로 장식되어 있는데, 이는 신의 위엄을 상징한다. 아인 다라 사원은 오늘날까지 속세를 초월한 신비로움을 관광객들에게 선사해 준다.

여행길이 험해짐에 따라 조지는 점점 더 불안해했다. 심지어 그는 당나귀 또는 소형 버스를 탄 주민들을 손짓으로 불러 우리가 제대로 가고 있는지를 세속 묻곤 했다. 온갖 우여곡절 끝에, 드디어 네비 우리가 눈앞에 보이기 시작했다. 이 사원은 넓은 초원에 거의 파묻혀 있지만 히타이트 족 출신의 장군 우리야의 유골을 안치한 곳이다. 우리야는 기원전 1,000년경 히타이트 제국에서 명성을 떨친 장군으로, 구약 성서에 등장하는 이스라엘 다윗 왕을 위해 전쟁길에 올랐으나 훗날 비극의 주인공이 되고 만다. 다윗 왕이 우리야의 아름다운 아내 밧세바와 결혼하기 위해 부하를 시켜 그를 죽여 버렸기 때문이다. 이처럼 억울한 죽음을 당한 우리야가 종교적인 성자로 추앙받게 된 것은 오래 전 일이라 그 내막을 자세히 알 수 없으나 오늘날 그의 사원에 높이 솟아있는 로마식 탑으로 들어가 보면, 마치 선사시대로 되돌아가는 듯한 신비로움을 느끼게 된다.

우리가 이곳을 방문한 것은 평일 오후였음에도 불구하고 사원 안에는 기독교인, 이슬람인, 쿠르드인, 아르메니아인, 아랍인들로 붐비고 있었다. 그들은 벽에 자갈을 올려놓거나 나무에 리본을 매달면서 열심히 기도를 드렸다. 우리야의 사원 옆에는 이슬람 사원이 나란히 서 있었는데, 그 벽에는 군데군데 도살당한 동물들의 피가 얼룩진 것이 보였다. 추측컨대 이 사원은 먼 옛날 피 흘리며 죽어간 순교자들의 희생을 상징해 이교도들에게 위엄을 나타내기 위해 건축된 것 같다.

내가 그토록 네비 우리를 보고 싶어 했던 것은 이곳을 방문하는 사람들의 영적 유대감을 느껴보기 위해서였다. 이 유대감은 오늘날 중동 지방의 여러 국가들 중 시리아를 제외하면 거의 어느 곳에서도 찾아보기 힘들다. 시리아에서는 다양한 민족들이 영적 유대감을 기반으로 융화되는 현상이 활발하게 일어나고 있다. 그리고 나 또한 시리아 근방의 국가에서 일어나는 끔찍한 분쟁 소식을 들을 때마다, 시리아의 영적 유대감이야말로 이 세상을 구원할 수 있는 희망이라는 생각이 든다.

윤리보다 음식이 중요하다.

Grub first, then ethics.

- 베르톨트 브레히트Bertolt Brecht

심리학자 에이브러햄 매슬로^{Abraham Maslow}가 주장한 인간 욕구 단계설은 프로이트의 자아 이론 또는 마르크스의 소외 이론과 같이 현대 사상의 기반을 이루게 되었다. 매슬로의 이론에 따르면 "나는 ~이 필요하다."라고 말하는 것은 인간의 권리를 주장하는 행위와 같다. 오늘날 이 표현은 당사자에게 필요한 것이 무엇이건 간에, 당사자가 자신의 욕구를 반드시 관철시키기 원한다는 것을 의미한다.

매슬로는 인간의 욕구를 단계별로 구분하여 피라미드 모양의 등변 삼각형 안에 표시했는데, 그 중 선천적인 욕구는 아무리 강렬한 것일지라도 극히 기본적인 수준을 의미하는 아랫부분에 해당된다고 말했다. 그 위에 존재하는 욕구는 상대적으로 강도가 낮을지라도 인간의 품성에 보다 가깝다.

삼각형의 가장 아랫부분은 생리적 욕구, 즉 인간의 생존에 반드시 필요한 식량 등을 의미한다. 그 위에는 안전에 대한 욕구와 질서 및 사회적 안정성을 확보하고자 하는 욕구가 존재한다. 그 윗부분은 가족, 친구, 연인, 사회 집단 등을 통해 소속감을 얻고자 하는 욕구를 의미한다. 그 위에는 사회적인 인정과 지위를 획득하여 남들에게서 존경을 받고 싶어 하는 욕구가 나타나 있다. 존경을 받지 못하는 사람은 쉽게 낙심하며, 이러한 상태가 오래 지속될 경우에는 목숨을 잃을 수도 있다.

피라미드의 맨 꼭대기, 즉 5단계에는 자아실현에 대한 욕

구가 존재한다. 다른 욕구들과 달리 이 욕구는 평생 충족될
수 없는 것이다. 인간은 자신이 창조하고, 성취할 수 있는 것
이상을 끊임없이 상상하는 경향이 있기 때문이다. 오스트리
아의 정신의학자 빅터 프랭클^{Victor Frankl}은 『죽음의 수용소에
서』를 통해 자아실현은 자신을 표현하려는 욕구와 다르며,
인간은 편협한 아집을 완전히 초월할 때 가장 큰 잠재력을 발
휘할 수 있다고 말했다.

인생의 진정한 의미는 인간이나 인간의 정신보다 세계를
통해 찾을 수 있다. … 인간의 경험은 본질적으로 자아실현이
라기보다 자아 초월을 의미한다. 자아실현은 실제로 충족될
수 없는 목표이다. 자아실현에 대한 욕구가 강할수록 그 욕구
를 이루는 것이 어려워지기 때문이다. 즉, 자아실현을 본질적
인 목표로 삼는 사람은 그 목표를 이룰 수 없으며 자아실현은
자아를 초월할 때에만 가능하다.

이는 매슬로의 욕구 단계설에서 비롯되어 대중적으로 큰
호응을 얻은 두 번째 사상의 특성이기도 하다. 자아실현은
'최고의 경험'이며 인간으로 하여금 자신에 대한 일반적인
인식의 세계에서 벗어나 우주 전체에 대한 의미를 깨닫게 해
준다. 초월적인 명상, 성스러운 희열 등 소위 종교적인 경험
은 바로 그러한 예로 간주되나, 프랭클은 여기에 이의를 제기

한다. 그는 인간이 이러한 상태 자체를 추구할 경우, 자신이 진정으로 원하는 만족을 얻을 수 없다고 주장했다. 위대한 종교 지도자들도 프랭클과 같은 입장을 취하면서 다음과 같이 말했다. "신과 하나가 되어야 하는 이유는 그로 인해 무언가를 느끼기 위해서가 아니라, 그 자체가 영적으로 가치 있는 일이기 때문이다."

'최고의 경험'은 음식과 어떤 관계가 있을까? 나는 대량 생산된 식량들이 초대형 슈퍼마켓에 진열되어 있는 것을 볼 때마다 걱정스러워진다. 인간은 본질적으로 많은 식량을 필요로 하기 때문에 이러한 수요를 충족시키려면 대량 생산과정이 필요하다. 오늘날에는 양계장에서 생산된 달걀이건, 덜 익은 토마토건 간에, 질이 좋은 식량보다는 양이 많은 식량을 선호하는 세상이 되어 버렸다. 이러한 현상은 대개 맛있는 식량일수록 비싸게 파는 시장 구조에서 기인한 것으로 간주된다. 사람들도 일단 싼 음식이 아니면 쉽게 손을 대지 않는다. 우리는 이름노 살 알 수 없는 희한한 기계나 집을 살 때에는 기꺼이 많은 돈을 쓰면서, 왜 식량을 살 때는 돈을 아끼려고만 하는 것일까?

나는 에이브러햄 매슬로가 식량에 대한 욕구를 피라미드의 맨 밑바닥에 두었다는 점에서 그의 이론에 반대한다. 그의 이론은 식량이 너무나 기본적인 물질이기에 거의 공짜로 얻을 수 있는 것처럼 착각하게 만든다. 그리고 사람들은 식량에 대한 욕구가 기본적인 것으로 맨 밑바닥에 놓여 있는 모습을 보면서 식량이 단순히 생존 수단에 불과하다고 생각하게 된다.

오늘날 전 세계 인구 중 3분의 1이 최저 생계선 또는 그 이하의 수준에서 식량난에 허덕이고 있다. 반면 한쪽에서는 수많은 사람들이 유명 요리사의 식당이나 농장으로 몰려들어 배불리 먹고도 남을 정도로 많은 식량을 구입한다. 이는 분명히 비정상적인 보상 행위의 일종으로, 사람들은 대부분 소위 기본 식료품이라는 것들이 집안에 아무리 남아돌아도 별로 많다고 생각하지 않는다. 적절하지 않은 비유일지도 모르지만, 자유 시장(가격에 의해 수요와 공급이 자동적으로 조절되는 시장-역주)의 개념을 창시한 애덤 스미스의 말에 따르면 '인간은 자신에게 해로운 음식들을 간직하는 유일한 동물'이다.

나는 아침, 점심, 저녁 매 끼니마다 항상 최고급 음식을 먹어야 한다고 주장하려는 것은 아니다. 소크라테스가 말했듯이, 터무니없이 비싼 돈을 주고 제철이 아닌 식량을 구입하는 것은 제철이 다가오기 전에 죽을지도 모른다는 두려움 때문이다. 그런 의미에서, '내일 죽기 전에 미리 실컷 먹고, 마시고, 결혼해라.'는 말은 죽음에 대한 욕구를 공공연히 드러낸 것이기도 하다.

좀 더 실제적인 사례를 생각해 보자. 내 친구 중 하나는 아직 미혼으로, 집에서 요리를 전혀 하지 않으며 식사도 거의 하지 않는다. 그의 주방은 접시 몇 개와 전자레인지를 제외하면 텅 빈 곳이나 다름없다. 이 친구는 돈이 많아서 직장을 오가는 길에 샌드위치나 감자튀김을 곁들인 생선튀김 따위에는 손도 대지 않는다. 대신 아침에는 멋진 커피 숍, 점심에는 쾌적한 식당, 저녁에는 훌륭한 레스토랑에서 고급 음식을 먹는다.

그러던 어느 날, 그는 상사가 '참신한 사고(思考)'를 장려하기 위해 기획한 워크숍 덕분에 마치 수도사와 같은 경험을 하게 되었다. 그 날은 세미나와 회의가 하루 종일 계속되었으나 정작 그의 머릿속에 남은 기억은 업무와 전혀 상관없는 것이었다. 이 친구가 생생하게 기억하는 것은 바로 그 날 먹은 음식들이었다! 그것도 음식이 훌륭하거나 형편없었기 때문이 아니라 그 자신이 음식이라는 것에 주의를 집중했기 때문이었다. 점심시간에는 수프가 나왔는데, 이 친구는 생전 처음으로 음식의 소박함 자체를 온전히 즐기며 식사할 수 있었다고 한다.

독일의 시인이자 극작가인 베르톨트 브레히트^{Bertolt Brecht}가 말하려고 했던 것은 바로 이것이다. '윤리보다 음식이 중요하다.'는 말은 윤리에 대한 경멸, 혹은 인간의 생존 문제가 걸려 있을 때에는 미처 윤리를 생각할 겨를이 없다는 사실을 의미하는 것이 아니다. 그의 희곡 「서푼짜리 오페라」에서 '음식'은 '좋은 음식'이 아니라 '동물의 생존에 필요한 식량'을 의미한다. 따라서 브레히트의 말은 우리가 생명을 유지하는 데 반드시 필요한 음식을 윤리보다 저급한 것, 즉 인생에서 별로 중요하지 않은 것으로 홀대하여 소중한 인간성을 희생시키고 있다는 사실을 일깨워준다.

아무리 훌륭한 도시일지라도
인간에게 최고의 도덕을 주지는 못한다.

We do not look in great cities for our best morality.

– 제인 오스틴Jane Austen

어느 도시에 대한 이야기 두 가지를 소개하고자 한다. 그 도시는 바로 런던이다. 영국의 시인 새뮤얼 존슨Samuel Johnson이 남긴 유명한 말에 따르면, 런던에는 '인생에서 얻을 수 있는 모든 것'이 존재한다.

첫 번째 이야기는 내가 런던으로 이사했던 경험에 대한 것이다. 나는 대규모 화학 산업단지로 유명한 영국 북동부의 어느 대도시에서 일하고 있었다. 내가 사는 집은 오래된 석조가옥으로 작고 초라했으나 물결치듯 굽이진 벽과 비스듬하게 기울어진 지붕 덕분에 나름대로 매력 있는 곳이었다. 그러나 나는 그곳이 우울하게만 느껴졌다. 내가 보기에 그곳은 너무나 평범하고 따분한데다 만나서 같이 돌아다닐 만한 사람도 없었다. 물론 나는 이 지역을 폄하하려는 것이 아니라 단지 개인적인 경험을 이야기하는 것뿐이다. 내가 남쪽으로 이사하려는 마음을 먹게 된 이유는 내 상상력이 너무 풍부했거나 아니면 너무 부족했기 때문일 것이다.

런던은 역시 나를 실망시키지 않았다. 작가 윌 셀프Will Self였던가, 런던은 단순한 생각 하나로 표현하기에는 너무나 거대하고 복잡한 곳이라고 말한 사람도 있다. 우주론자들의 말처럼 우리가 사는 우주의 경계를 지나 사상(事象)의 지평선을 넘어가면 다양한 세계들이 존재하듯이, 런던은 수많은 경계선으로 가득 차 있고 그 경계선을 넘어가면 새로운 장소에서 놀라운 일들을 경험할 수 있다. 또한 자유로운 익명성이 보장

되어 이민자, 동성애자, 불평분자 등 다양한 사람들이 항상 런던으로 몰려든다.

작은 마을에서는 의무감 때문에 자유롭게 행동하지 못했던 사람도 런던에 오면 무한한 선택의 기회를 누릴 수 있다. 늘 똑같기만 한 가족이나 이웃 사람들의 곁을 떠나 새로운 친구들 속에서 새로 태어나는 것이다. 런던에 오면 마법이 시작된다.

두 번째 이야기는 내가 런던으로 이사한 후 10년 정도 지나서 경험한 일에 대한 것이다. 나는 어느 날 오전, 2층 버스 위층에 앉아 여유로운 시간을 만끽하고 있었다. 그 날은 일주일의 중반인데다 바쁜 출근시간도 이미 지난 뒤라, 시내를 한가롭게 돌아다니기에 안성맞춤인 시간이었다. 그러나 마침 그 주가 학기 중간의 휴가 기간이어서 버스 뒷자리에서는 10대 여학생들이 모여앉아 시끄럽게 떠드는 소리가 계속 들려왔다. 나는 그 학생들을 별로 눈여겨보지 않았으나, 어느 순간 그 자리에 얼어붙은 듯 시선이 뒷자리로 못박히고 말았다. 한 소녀가 갑자기 셔츠를 걷어 올리더니 가슴을 차창 위로 밀어붙이는 것이 아닌가!

2, 3초가량 지났을까, 여학생들이 일제히 창문 앞으로 몰려가더니 밖을 내다보며 조롱 섞인 욕설을 퍼붓기 시작했다. "미친 호모 자식!" 문제의 여학생이 다시 가슴을 차창 위로

밀어붙이자 다른 여학생들은 “어린애들이나 밝히는 변태 자식!”이라고 소리쳤다. 잠시 후, 나는 그 여학생들이 도로 위에 있는 남자들을 상대로 그런 장난을 치는 것임을 알아차렸다. 남자들이 이 장난을 무시하면 여학생들은 “호모!”라고 소리쳤다. 한편, 남자들이 차 안을 들여다보면 이 장난꾼들은 “변태!”라고 욕했다. 대낮에 벌어진 일이 아니었다면, 여학생들은 어린 나이와 욕설의 의미를 생각할 때 심히 음란한 행동으로 비난받아 마땅했다. 그들의 행동은 그저 단순한 장난이라 하기에는 도가 지나쳤던 것이다. 나는 이런 학생들을 가르치는 선생이 불쌍하게 여겨졌다.

도시는 다양한 장점을 가지고 있으나, 이러한 장점들은 언제든지 천박함으로 타락할 수 있다. 영국의 소설가 제인 오스틴^{Jane Austin}은 이를 너무나도 잘 알고 있었기에 “아무리 훌륭한 도시라도 최고의 도덕을 가진 곳은 아니다.”라고 말했던 것이다.

플라톤은 『공화국』에서 이러한 도시의 양면성을 철학적으로 탐구했다. 그는 이상적인 도시 국가의 모습을 통해 도시 생활을 행복하게 만드는 사회 구조가 어떤 것인지 밝히고자 했다. 플라톤은 도시야말로 인생의 모든 요소들이 존재하는 곳이므로 인간의 행복 또한 도시에서 찾을 수 있다고 확신했다. 그러나 한편으로는 도시가 언제든지 분열될 수 있다는 것 또한 잘 알고 있었다. 도시를 움직이는 희망이란 원동력은 눈 깜짝할 새 사라져버리는 아침이슬과도 같은 것이기 때문이다. 도시가 붕괴되는 순간, 인간성은 파괴되고 치열한 다툼이 시작된다.

플라톤은 이에 대하여 급진적인 해결책을 제시했다. 우선 도시를 두 집단, 즉 보호자 집단과 부(富)를 누리는 노동자 집단으로 구분한다. 보호자 집단은 공동의 선(善)을 실현하기 위해 평생 헌신한다. 이러한 집단의 삶은 매우 숭고하게 보이며, 보호자들은 특히 플라톤의 형이상학적 이론인 형태론(우리 눈에 보이는 물질세계의 형태는 실제적인 것이 아니라 우리가 생각하는 일반적인 전형(典型) 또는 추상적인 그림자에 불과하다는 이론-역주)을 바탕으로 선(善)의 본질을 이해하기 위해 노력한다. 이러한 삶은 숭고해 보이지만, 엄격한 생활 기준을 지켜야 하기에 매우 고달프다. 게다가 보호자들은 재산에서 자녀에 이르기까지 모든 것을 공유해야 한다. 그들은 친구조차 마음대로 사귈 수 없다. 다른 사람과 너무 친해지면 원망이나 원한을 사는 경우도 있기 때문이다. 보호자는 특별히 친해지고 싶은 사람이 있어도 참아야 하며 낯선 사람을 포함해서 모든 사람을 한결같이 공평하게 대해야 한다.

어떤 사람들은 플라톤이 노동자를 무시했다고 비난한다. 플라톤의 도시국가에서 노동자는 통치과정에 참여할 수 없다. 노동자가 경제적인 이해관계에 개입하면 개인의 사리사

욕을 취함으로써 도시의 평화와 화합을 해치기 때문이다. 플라톤은 민주주의가 우민(愚民) 정치로 이어질 우려가 있으므로 이를 금지해야 한다고 생각했다. 또한 소수의 지배자가 이끄는 과두정치를 지지했다.

요컨대 플라톤의 '공화국'은 무시무시한 곳이다. 이곳에서 인간은 사회의 문명을 위해 개인의 자유를 포기해야 한다. 또한 다양한 법이 넘쳐나거나 인생의 모든 요소들이 존재하지도 않는다. 오히려 그러한 것들이 너무 적어서 인간의 문명을 퇴보시킨다. 문제는 '자유와 문명의 균형을 어디서 찾아야 하는가?' 이다.

오늘날 세상은 점점 균형을 잃고 비뚤어져 가고 있지만 이러한 상황을 바로잡을 수 있는 길은 좀처럼 보이지 않는다. 그 대표적인 예가 바로 교통체증으로 인한 다툼이다. 차는 개인의 자유와 사회의 문명이 충돌하는 공간으로 볼 수 있기 때문이다.

나는 런던에서 빈곤한 지역과 부유한 지역의 생활을 둘 다 경험했다. 차를 몰고 나가면 양쪽 지역의 거의 모든 곳에서 교통체증으로 인한 다툼을 목격하거나 그러한 다툼에 휘말리곤 했다. 운전자들이 급하게 경적을 울려대는 정도로 다툼이 가볍게 끝나는 경우도 있지만, 때에 따라서는 욕설이 오가거나 난투극처럼 심각한 사태로 번지기도 한다. 우리는 도시에서 차를 몰거나 생활하는 혜택을 얻었지만, 대신에 발길 닿는 곳 어디서나 싸움이라는 대가를 지불하고 있는 셈이다.

도시생활은 마약과도 같다. 이 마약은 대개 커피에 함유된 카페인처럼 인간으로 하여금 왕성하게 활동하도록 만드는 효과가 있다. 그러나 경우에 따라서는 갑자기 인간의 정신을 극심한 혼란 속으로 몰아넣어 버린다. 이럴 때면 어느 누구라도 얼른 도시 밖으로 탈출해야 한다. 만약 그럴 수 있다면 말이다.

고양이 한 마리는
또 다른 고양이를 부른다.

One cat always leads to another.

– 어니스트 헤밍웨이Ernest Hemingway

위대한 수필가 미셸 드 몽테뉴가 인생에 대해 던진 질문 중에서 그의 명성에 어울리지 않는 질문이 하나 있다. "내가 고양이와 놀고 있을 때, 내가 즐거워하는 것 이상으로 고양이도 즐거워하지 않는다고 장담할 사람이 누가 있겠는가?"

나는 이러한 생각이 근본적으로 철학적인 것이 아니라 애완동물 잡지에나 실릴 만한 것이라고 생각했다. 적어도 고양이 한 마리와 함께 살기 전까지는 말이다.

어느 날 나는 한 친구를 통해 만달레이를 알게 되었다. 그 친구는 밈부란 이름의 버마산 고양이를 길렀는데, 이 고양이는 개와 같은 다정함과 고양이다운 독립성을 동시에 가지고 있었다. 예를 들어 밈부는 내 친구가 집에 돌아오면 문 앞으로 달려 나와 다정하게 인사하다가도 밤이 되면 혼자 있기를 좋아했다.

만달레이는 밈부가 낳은 새끼 고양이들 중 하나였다. 당시 나는 미혼이었는데 청동 빛깔의 털을 가진 이 새끼 고양이가 마치 작은 공처럼 꼬물거리는 모습을 본 순간, 자상한 미혼 남성이 애완용으로 키우기에 안성맞춤이라는 생각이 들었다. 고양이는 무엇보다도 독립심이 강하기 때문에 부담 없이 편하게 키울 수 있을 뿐 아니라 태어나자마자 용변을 가릴 정도로 깨끗한 동물이기 때문이다.

어느 광고 문구에 따르면, '개는 크리스마스뿐 아니라 인생 전체를 위해 필요한' 동물이다. 그리고 이 말은 고양이에게도 마찬가지이다. 만달레이를 반짝거리는 새 고양이집에 넣고 내 아파트로 데려오던 날, 내 머릿속에는 이 고양이가 처음 기대했던 것보다 내 삶에 더 큰 의미로 자리 잡게 되리라는 예감이 스쳐 지나갔다. 나는 태어난 지 12주밖에 안 된 새끼고양이를 단지 나만의 즐거움을 위해 형제자매들과 떼어놓는 것이 잔인한 짓으로만 느껴진다고 친구에게 말했다. 그러나 이 친구는 내 마음을 이미 다 알고 있다는 듯이 미소를 지으며 이렇게 대답하는 것이었다. "저 녀석의 가족은 이제 너야." 그 대답을 듣는 순간, 나는 속으로 이렇게 물었다. "설마 고양이 한 마리가 가족이라는 것을 알기나 할까? 저 고양이가 과연 내 삶을 바꿀 수 있을까?"

만달레이는 정말 그랬다. 나는 이 고양이 한 마리가 쓸쓸하기만 하던 내 아파트를 얼마나 활기차게 만들어 주는지 곧 깨닫게 되었다. 만달레이는 내가 집에 돌아올 때마다 문 앞에서 나를 반겨주었다. 뿐만 아니라, 나는 만달레이가 잠들어 있는 집 안에서 일을 할 때마다 가정적인 아늑함까지 느꼈다. 새로운 주방용품은 단순히 생활을 편리하게 해주는 도구에 불과하다. 그러나 만달레이는 살아있는 동물이다. 내가 사는 공간 안에 나 말고도 또 다른 생물체가 있는 것이다. 만달레이 덕분에 내 마음은 새로운 기쁨과 관심, 따뜻함으로 가득 찼다.

또한 만달레이는 나를 감성이 풍부한 사람으로 만들어 주었다. 만달레이가 내 집으로 온 지 6개월 후, 나는 드디어 내 인생의 동반자를 만나게 된 것이다! 35년 동안이나 알지 못했던 헌신적인 관계를 거의 하룻밤 사이에 깨달은 셈이다. 그 보답으로 뭘 했느냐고? 만달레이의 친구가 필요하다는 핑계로 고양이를 한 마리 더 샀다. 이처럼 고양이 한 마리는 또 다른 고양이를 부르기 마련이다.

나는 이제 몽테뉴의 질문에 담긴 의미를 완전히 깨달았다. 그의 질문은 인간과 애완동물의 본질적인 관계를 묻는 것으로, 이는 단순히 실용적인 관계 이상의 것을 뜻한다. 나는 그저 쥐를 없애기 위해 고양이를 키운 것이 아니다. 개는 주인을 밖으로 끌고 나가 열심히 운동하도록 도와주기도 하지만, 건강 외에 더 많은 것들을 선사해 준다. 그러나 인간과 애완동물의 관계를 우정이라 부르는 것이 정말 옳은 일일까?

미국의 경제학자 손스타인 베블런Thorstein Veblen은 '과시적 소비'라는 표현을 통해 현대 유한계급의 물질주의를 비판했다. 그는 실질적으로 거의 쓸데없는 애완동물을 기르는 것은 단지 자신의 부(富)를 과시하기 위한 행위에 불과하다고 주장했다. 또한 베블렌은 고양이를 갖는 것이 비싼 경주용 말을 소유하는 것과 본질적으로 같다고 말했다. 그의 주장에 따르면, 유한계급에 속하는 사람들이 근사한 애완동물을 기르는 목적은 단지 이웃 사람들의 부러움을 자아내기 위한 것이다. 또한 이러한 사람들은 고양이 한 마리가 자기 집 긴 의자에 우아하게 누워 있는 모습을 남에게 과시해 마치 자신의 우아함을 인정받는 듯한 대리 만족을 느낀다는 것이다.

이 말은 소위 '사치스런 고양이'라 불리는 버마산 고양이를 키우는 사람들에 대해서는 어느 정도 옳다고 할 수 있다. 그러나 베블렌은 고양이가 개, 앵무새, 말 등 다른 애완동물과 달리 주인의 따뜻한 사랑에도 결코 진지하고 열렬하게 보답하지 않으며 그 이유는 고양이가 원래 '인간과 평등한 관계에서 생활하는' 기질을 가졌기 때문이라고 했다. 또한 그는 바로 이러한 기질 때문에 고양이가 거만하게 행동하는 것이라고 주장했다. 고양이는 긴 의자를 장식하는 것이 아니라, 직접 소유함으로써 주인의 지위를 높여주기는커녕 낮은 곳으로 떨어뜨린다는 것이다. 그래서 고양이를 기르는 사람들은 때때로 집 주인이 자기가 아닌 것처럼 느끼게 된다고 말이다.

고양이의 양면성은 고양이가 지닌 본성이면서, 고양이와 인간의 관계에 내재하는 특성이기도 하다. 이 동물은 깊은 애정과 무서운 잔인성을 동시에 보여줘 우리를 깜짝 놀라게 한다. 어느 날, 나는 선 채로 책을 읽다가 한참만에야 만달레이가 관심을 끌기 위해 내 다리에 몸을 비벼대는 것을 알아차렸다. 만달레이는 나에게 좀 더 가까이 다가오기 위해 갑자기 펄쩍 뛰어오르더니 내 몸과 팔, 책을 넘어 어깨 위로 멋지게 내려앉았다! 이처럼 내 고양이는 내가 놀고 싶을 때는 물론, 자기 마음이 내키지 않을 때에도 나를 즐겁게 해준다.

그러나 만달레이가 우리 집에 어린 검정 지빠귀를 처음 가지고 왔던 날의 충격은 결코 잊지 못한다. 어느 날 만달레이는 암흑가의 괴기스러운 폭력 사건을 그린 영화의 한 장면처럼 검은 새를 우리 집 바닥에 툭 내던지는 것이 아닌가! 바닥 위로 새의 몸에서 나온 붉은 핏줄기가 흘러내렸다. 불쌍한 새의 한쪽 날개는 마치 삼각자처럼 삐죽 튀어나와 있었고, 작은 가슴은 마구 헐떡거렸다. 게다가 어린 새는 고통에 찬 목소리로 찍찍거리며 비명까지 지르고 있었다. 나는 한시라도 빨리 이 고통을 끝내주기 위해 새를 삽에 담아 쇼핑백에 옮겨 담았다. 만달레이는 이 모든 상황을 그저 무관심한 표정으로 바라볼 뿐이었다. 유감스럽게도 내 고양이는 어린 새를 죽였다. 더 나쁜 것은 내 고양이가 불쌍한 새를 고통스럽게 죽였다는 것이다. 나는 이 잔인한 행동을 고양이의 본능 탓으로 돌리고 더 이상 신경 쓰지 않기로 했다.

고양이가 우리의 생활에 끼치는 영향은 매우 다양하다. 이러한 사실을 생각하면 고대 이집트인들이 고양이를 숭배했을 뿐 아니라 고양이와 닮은 생물, 즉 스핑크스를 통해 인간의 존재에 대한 수수께끼를 형상화했다는 것도 지극히 당연한 일로 여겨진다.

사람들이 모두 급하게
서두르는 것은 자신으로부터
도망치기를 원하기 때문이다.

Haste is universal because everyone is in flight from themselves.

− 니체Nietzsche

영국의 물리학자 뉴턴^{Newton}이 말한 대로, 움직이는 물체는 모두 외부의 힘이 달리 작용하지 않으면 똑같은 운동 상태를 계속 유지한다. 어느 날, 나는 신문가게로 들어갔다. 가게 뒤쪽에서는 젊은 아기엄마 한 사람이 유모차를 몰고 있었다. 유모차에 누운 아기가 칭얼거리자, 엄마는 아기가 울음을 터뜨리기 전에 집으로 돌아가려고 서둘러 움직이기 시작했다. 버스 정류장에서 버스를 기다리는 양복 차림의 남자 두 사람은 아직 목적지를 향해 이동하지 않았다는 사실만을 생각한다면 움직이지 않는 상태라 할 수 있었다. 그러나 이 사람들도 역시 버스를 기다리는 초조함을 조금이라도 달래기 위해 두 발을 번갈아가며 움직이고 있었다. 쉽게 구겨지지 않는 헐렁한 옷을 입은 이 남자도 비교적 한가해 보이긴 하지만, 이어폰으로 음악을 들으며 몸을 움직인다. 얼굴 색깔이 호두 피클처럼 갈색인 저 남자는 교회 벽에 가만히 기대앉아 있다가 벽돌 뒤에서 맥주 캔을 꺼냈다. 이 사람 또한 '망각'을 향해 움직이고 있었다.

상어가 물속에서 늘 움직이는 모습이 당연해 보이는 것처럼, 움직이지 않는 물체는 부자연스럽게 보인다. 뉴턴은 신이 움직임을 만들었다는 데카르트의 사상을 통해 다음과 같이 운동 보존의 법칙을 추론해 냈다.

'태초에 신은 물체를 창조할 때 물체의 움직임과 휴식도 함께 창조했다. 그리고 이제 … 신은 태초에 창조했던 것과 동일한 움직임의 양을 보존한다.' 이 법칙은 천체에 대한 데카르트의 고찰을 기반으로 한 것이다. 데카르트에 따르면 지구는 천체와 마찬가지로 끊임없이 회전한다(이는 또한 인간의 타락한 상태를 상징하기도 한다. 즉, 인간의 조상인 아담도 평생 쉬지 않고 일해야 하는 형벌을 받았다).

현대 우주론에 따르면, 우주는 죽을 때가 되어야 비로소 휴식 상태에 점점 가까워진다고 한다. 추운 방에서는 아무리 두꺼운 옷을 입고 있어도 냉기가 뼈 속으로 스며든다. 이와 마찬가지로 우주의 무수한 원자들은 확장을 거듭하는 우주의 수평선과 보조를 맞추어 끊임없이 냉각 작용을 반복함으로써 균형을 유지하려는 경향이 있다. 그러나 이러한 상황이 영원히 계속될지라도, 움직임의 여운은 사라지지 않는다. 우주에서 한 때 별을 움직였던 힘, 그리고 지성(知性)이 결코 사라지지 않듯이.

움직임은 축복이기도 하다. 어떤 이는 인간의 이성적인 본성이 저항할 수 없는 강력한 힘으로 앞을 향해 나아간다고 주장했다. 오늘날에는 이렇게 긍정적인 움직임을 믿지 않는 사람들도 있으나, 음악이라는 움직임이 대단히 훌륭한 것이라는 사실에 이의를 제기하는 사람은 하나도 없으리라 생각된다. 음악은 박자와 악절에 따라 움직이지 않으면 태어날 수 없다. 콘서트를 즐기거나 록 음악을 좋아하는 사람들은 공연이 아무리 훌륭하게 끝났다고 하더라도 가수를 무대 위에서 떠나보내려 하지 않는다. 그들은 이 소중한 순간이 지나가기를 원치 않기 때문이다. 그러나 역설적으로, 시간이 지나가지 않으면 그러한 순간 또한 다시 찾아오지 않는다.

기술의 발달로 인해 언제, 어디서나 음악을 반복해서 들을 수 있다는 것은 기쁨인 동시에 그러한 기쁨을 방해하는 위협이기도 하다. 어떤 음악을 반복해서 들을 경우, 우리는 주로 처음 또는 끝 부분을 제외한 중간 부분만 듣기 때문에 결국 그 음악을 제대로 감상할 수 없게 된다. 이스라엘의 지휘자 다니엘 바렌보임Daniel Barenboim은 리듬의 종지부, 절정의 순간, 처음과 끝 부분의 침묵이 없으면 음악 또한 존재할 수 없다고 말했다. 음악의 움직임이 부분적으로 손상되었다는 것을 무시하는 순간, 우리는 음악을 완전히 잃게 된다.

헤라클레이토스Heraclitus는 고대 그리스에서 소크라테스 이전에 활동한 대표적인 철학자로, 끊임없이 움직이는 세계의 모습과 그 의미를 깊이 탐구했다. 그의 주장에 따르면, 이 세상에 존재하는 모든 것들의 근본적인 실체는 마치 흐르는 물과 같다. 흐르는 강물이 되돌아길 수 있듯이, 현실 세계는 두 번 다시 그 이전의 상태로 돌아갈 수 없기 때문이다. 또한 그는 폭력의 위험은 맹렬하게 움직이는 속성을 가지고 있으므로 "불보다 더 빨리 폭력을 없애야 한다."고 말했다.

헤라클레이토스는 인간의 영혼을 숨결에 비유했다. 인간의 육체가 선택할 수 있는 길은 두 가지, 즉 다시 숨 쉬거나 아예 숨을 거두는 것이며 영혼은 이 호흡의 리듬에 따라 새롭게 거듭난다. 사물이 변하지 않고 언제나 똑같은 모습을 가지고 있다면, 이성을 통해서도 사물의 실체를 파악할 수 없다.

인간은 끊임없는 움직임을 통해 비로소 인간다운 존재로 거듭난다. 물리적인 측면에서 볼 때, 인간의 육체를 구성하는 원자들은 매주, 매년 새롭게 변한다. 심리적인 측면에서 보더라도, 누구나 어린 시절을 뒤돌아보고 나면 과거와 현재의 삶이 서로 다르다는 사실을 곧 깨닫게 될 것이다.

철학자들은 좀 더 극단적인 시각을 갖고 있었다. 즉, 너무 갑작스런 변화가 일어날 경우에는 삶의 연속성이 파괴되어 개인의 자아를 유지하기 힘들 수도 있다는 것이다.

움직이지 않는 것은 신(神)의 고유한 특성으로 간주된다. 중세 신학자들은 신이 결코 변할 수 없다고 주장했다. 신은 이미 확고부동한 완벽함 그 자체이기 때문이다. 이와 마찬가지로, 고요함은 신성함과 지혜를 상징한다. 신의 목소리는 고요한 가운데 나지막하게 들려오는 것이기 때문이다.

그 옛날 소크라테스는 며칠 동안 움직이지도, 마시지도 않고 한 자리에 계속 서 있었다고 한다. 소크라테스가 대낮까지 너무 오랫동안 움직이지 않았기 때문에 주위에 구경꾼들이 몰려들기 시작했으며, 밤이 되자 침대를 가지고 나와서 구경하는 사람도 생겨났다.

하지만 이 중에 소크라테스가 미쳤다고 생각하는 사람은

아무도 없었다. 사람들은 소크라테스가 고요함 속에서 명상에 잠겨 있다는 사실을 잘 알고 있었다.

니체는 "사람들이 모두 급하게 서두르는 것은 자신으로부터 벗어나기를 원하기 때문이다."라고 말했다. 이는 과연 무엇을 의미하는 것일까? 니체는 헤라클레이토스처럼 이 세상에서 변하지 않는 것은 없다고 믿었으며, 이러한 믿음을 '영겁 회귀'라는 이론으로 발전시켰다. 그의 이론에 따르면, 더 빨리 움직이고 바쁘게 생활하거나 쉴 새 없이 활동하는 것은 쉬운 일이지만, 오히려 분주한 생활에서 벗어나면 움직임을 멈추지는 않더라도 최소한 생각할 수 있는 여유를 가질 수 있어 보다 많은 것들을 얻게 된다.

모든 것이 바쁘게 움직이는 가운데 완전한 휴식을 얻을 수 있는 장소가 없다고 할지라도, 우리는 이 혼란 속에서 상대적인 고요함을 즐길 수 있다. 미국의 소설가 솔 벨로^{Saul Bellow}의 말처럼 예술은 기도처럼 '분주함 속에서도 주의를 집중하게' 만들어 준다. 우리는 무작정 자신으로부터 급히 도망치려 하기보다는 자신의 바쁜 생활을 차분히 돌이켜보는 시간을 가질 필요가 있다.

사진은 진실이다.
그러나 영화 속에서는
매초 스물 네 번씩 진실이 거듭된다.

- 장 뤽 고다르Jean-Luc Godard

알프레드 히치콕Alfred Hitchcock의 대표작 〈파괴 공작원〉에 나오는 한 장면을 상상해 보자. 파괴 공작원 프랭크 프라이가 택시 안에서 창밖을 바라본다. 그리고 카메라는 곧 부둣가에 뒤집혀 있는 원양 정기선 SS 알래스카호로 옮겨간다.

이 영화를 한 번도 본 적이 없는 사람이라도 두 장면 사이에는 대체 어떤 연관성이 존재하는지 쉽게 알아챌 수 있을 것이다. 배가 뒤집힌 것은 바로 프라이가 꾸민 일이라는 사실을 말이다. 우리는 영화의 언어를 이미 알고 있기 때문에 프라이와 SS 알래스카호를 자동적으로 연결 짓게 된다. 프라이를 연기한 배우는 뉴욕에서 수천 미터나 떨어진 곳에 있는 그 배를 한 번도 본 적이 없다. 심지어 그는 택시를 몰아본 적도 없으며 단지 각본대로 촬영 세트장에서 연기를 한 것에 불과하다. 그러나 관객은 영화를 볼 때마다 머릿속에서 셀 수 없이 반복되는 연결 작용을 통해 모든 장면들의 연관성을 본능적, 일관적으로 쉽게 이해할 수 있다.

영화의 언어는 왜 이렇게 이해하기 쉬운 것일까? 우리는 왜 단편적인 장면들을 따로 떼어놓고 생각하지 않는 것일까? 그 답은 간단하다. 우리는 그렇게 생각하기를 원하지 않으며 오직 일관적인 이야기만 좋아하기 때문이다. 지금 이 순간에도 수많은 사람들이 영화관에 앉아 스크린 속 장면들의 관계와 연관성이 곧 드러나기를 간절히 기다리고 있다. 영화산업

은 우리의 이러한 갈망 덕분에 날마다 수십억, 수천억 달러의
수익을 긁어모은다.

블록버스터는 바로 우리의 갈망을 최대한 만족시켜 주는
영화로 정의될 수 있다. 3부작 〈반지의 제왕〉이나 〈매트릭스〉
를 떠올려 보자. 이 영화들은 훌륭하게 제작, 편집되었을 뿐
아니라 신화, 절망을 이기는 희망, 악(惡)을 이기는 선(善) 등
다양한 이야기들을 담고 있다.

또한 그 이야기들이 서로 연관성을 지닌 장면들로 구성되
어 있어 관객의 흥미를 정확하게 만족시켜 준다. 영화 속 세
상은 처음에는 단편적인 장면들이 마구 흩어져 있는 것처럼
보이지만, 결국 무언가 이치에 맞는 의미를 낳게 된다! 영화
전체가 하나의 메시지와 결합하는 것이다.

로맨틱 영화도 이와 비슷하다. 로맨틱 영화는 사랑이라는
연결 고리를 통해 전개되므로 관객은 그 어떤 예술을 접할 때
보다 더 많은 눈물을 흘리게 된다. 멜 깁슨이 주연한 〈패션
오브 크라이스트〉가 바로 그 대표적인 예라 할 수 있다. 관객
들은 스크린에 나타나는 잔인한 장면들을 보면서 큰 충격에
빠진 나머지, 일상세계를 초월하여 종교적인 세계로 몰입한
다. 성인(聖人) 예수 그리스도가 핍박으로 고통 받는 장면들을
통해 열렬한 신앙심을 느끼게 되기 때문이다.

종교적인 지식을 가진 사람이라면 〈패션 오브 크라이스트〉
가 관객의 상상력을 자극하는 순간, 관객은 이 영화의 장르가

신화이건, 로맨스이건, 호러물이건 간에 결코 거부할 수 없는 매력을 느끼게 된다는 주장에 전적으로 공감할 것이다.

우리는 왜 영화를 사랑하는 것일까? 물론 여러 가지 이유들이 있겠지만, 가장 결정적인 답을 찾자면 영화가 우리에게 즐거움을 주기 때문이 아니라, 성(聖) 아우구스티누스의 말처럼 우리의 마음이 불안하기 때문이다. 우리는 이치에 맞는 삶을 갈망한다. 또한 우리는 삶 속에서 무언가 중요한 의미를 발견했을 때 삶을 더욱 사랑하게 된다. 영화는 바로 그러한 카타르시스를 제공한다. 필름이 돌아갈 때, 우리는 이 세상의 모든 것을 거의 초월한 듯한 평안함을 느낀다.

죄 없는 잠

The innocent sleep

- 『맥베스Macbeth』 중에서

　　　　　　　어느 날 밤, 나는 잠을 설치느라 새벽 3시 15분까지 단 4시간밖에 자지 못했다. 게다가 잠이 깬 후에도 오전 6시부터 8시까지 마치 몽롱한 꿈속을 헤매는 듯한 기분이었다. 결국 오전 내내 이런 상태가 계속되는 바람에 그날은 하루 종일 안개 속을 둥둥 떠다니는 것처럼 제정신을 차릴 수가 없었다.

나는 그런 밤을 보내고 나면 으레 잠의 역설적인 특성들을 떠올리게 된다. 섹스, 무엇을 보거나 먹는 행위 등 육체적인 쾌락들은 대부분 그 강도가 높을수록 더 큰 만족감을 선사한다. 하지만 잠은 그와 반대이다. 잠을 잘 때에는 무의식 상태에 가까울수록 상쾌한 기분을 맛볼 수 있다. 불면증을 흔히 저주라 부르는 것도 바로 그 때문이다.

프로이트는 그의 저서 『꿈의 해석』을 통해 무의식의 세계가 어떤 특성을 지녔는지 설명했다. 이 책에 등장하는 한 아버지는 아들을 잃은 후, 어느 날 꿈속에서 아들의 모습을 보게 되었다. 아들은 그의 침대 곁에 서 있었는데, 입 모양이 마치 이렇게 말하는 것처럼 보였다. "아버지, 제 몸이 불타는 게 보이세요?" 그 순간 아버지는 잠에서 깨어났고 실제로 무언가 타는 냄새를 맡을 수 있었다. 놀랍게도 그는 아들의 시체를 싼 수의 위로 촛불이 넘어지는 바람에 시신이 불에 타고 있다는 사실을 발견했다.

프로이트의 주장에 따르면 그 아버지는 잠든 상태에서 타는 냄새를 맡았으며 계속 잠든 채로 머물러 있기 위해 그 냄새를 꿈속으로 끌어들였다. 그는 꿈속에서 화재가 발생했다는 현실을 더 이상 부정할 수 없게 된 후에야 잠에서 깨어났다. 이 주장이 옳다면 우리는 계속 잠들어 있기 위해 꿈을 꾸는 셈이다. 설령 공포에 가득 찬 악몽이라 할지라도, 우리가 잠에서 깨어났을 때 직면하게 되는 현실 세계의 괴로움보다는 훨씬 낫다.

이는 또한 불면증 환자들이 잠을 이루지 못해서 언제나 걱정에 시달리는 현상과 일맥상통한다. 꿈을 꾸면 밤새도록 마음속의 걱정거리들이 멀리 사라져 버린 듯한 착각에 젖을 수 있지만, 불면증에 걸린 사람은 꿈조차 온전히 꿀 수 없기 때문이다.

그러나 제아무리 좋은 꿈이라 할지라도 불면증 환자의 마음속에서 불안감을 완전히 쫓아내 주지는 못한다. 인간의 마음을 평안하게 만들어 주는 것은 오로지 죄 없는 잠뿐이다.

섹스는 두 사람이 배를 맞대고 발작적으로 정액을 분비시키는 행위이다.

As for sex, it is the rubbing together of pieces of gut,
followed by the spasmodic secretion of a little bit of slime.

– 마르쿠스 아우렐리우스Marcus Aurelius

2005년 네덜란드 신경학(神經學) 교수 게르트 홀스티지Gert Holstege는 단층촬영 스캐너(촬영 시점의 뇌 활동을 실제로 볼 수 있는 X선 단층 촬영장치-역주)를 사용하여 오늘날 세계 각국의 수많은 신경학자들이 하고 있는 것처럼 남녀의 뇌 활동을 기록했다. 그가 오늘날의 신경학자들과 다른 점이 있다면, 남녀가 결정을 내리거나 실험을 수행하는 동안에 일어난 뇌 활동이 아니라 성적(性的) 흥분상태의 뇌 활동을 촬영했다는 것이다.

홀스티지는 남녀가 일반적인 성교를 행할 때 뇌 속에서 일어나는 활동을 촬영하기 원했지만 현실적으로는 그러한 촬영은 불가능했다. 단층 촬영은 피실험자가 가만히 누워 있는 상태에서만 가능하기 때문이다. 그래서 홀스티지는 단층촬영 스캐너의 구조에 맞게 실험 환경을 조성했다. 즉, 조수로 하여금 실험용 쥐를 자극하여 성적 흥분이 절정에 달하게 만든 것이다. 실험용 쥐는 머리와 몸을 움직일 수 없는 상태였기 때문에 조수들은 쥐의 신경을 인위적으로 자극하여 뇌 속에서 성적 흥분이 일어나도록 유도했다. 이와 같이 홀스티지가 조성한 임상실험 환경에서 쥐 두 마리는 마치 아무렇지도 않은 것처럼 '성교를 수행'해야 했다.

홀스티지가 실험을 위해 모집한 사람들의 약 50%는 그렇게 불편한 상태에서는 성교를 '수행'하는 것이 불가능하다고 생각했고, 그중 비교적 적극적인 사람들은 겉옷, 속옷, 양말 등 몸에 걸치고 있던 것들을 한 가지씩 벗고 실험에 임했다. 마침내 촬영이 시작되었다. 실험에 방해가 되는 문제점이 하나 있다면, 이미 알려져 있는 바와 같이 여성은 성적 흥분이 오래 지속되고 끊임없이 반복되는 데 반해 남성의 성적 흥분이 지속되는 시간은 단 몇 초에 불과하다는 것이다. 그러나 단층촬영의 특성상, 대조작업에 필요한 영상을 제대로 얻기 위해서는 적어도 2분 동안, 그것도 가능하면 반복적으로 뇌 활동을 관찰해야 했다. 이 사실만을 놓고 본다면, 남성의 성적 흥분이 지속되는 시간은 기껏해야 한숨을 쉬는 정도의 짧은 순간에 불과하다.

또한 연구 대상에도 문제가 있었다. 피실험자들의 행위가 이루어지는 임상적인 환경 자체도 비정상적이었지만, 이 실험의 연구 대상인 성적 흥분이 과연 무엇을 의미하는지에 대해서도 과학적으로 규명되지 않은 상태였기 때문이다. 성적 흥분은 정액을 분비하는 것처럼 단순히 성기와 관련된 행위에서 비롯된 것이 아니다. 일부 남성은 성적 흥분을 느끼지 않고서도 정액을 분비할 수 있기 때문이나. 또한 성적 흥분은 심장 박동과 혈압의 상승, 피부 홍조, 극심한 근육 발작 등 신체기관의 내적 반응에만 관련된 것도 아니다. 이러한 반응은 그저 성교가 이루어지는 동안 흔히 일어나는 현상에 불과하기 때문이다. 오히려 성적 흥분은 갑작스런 기쁨, 즐거움, 환희처럼 감정적인 변화를 일으키는 대뇌 활동과 관련되어 있으므로 고령자도 육체적인 연령과 별개인 실제 연령(virtual age)에 따라 얼마든지 성적 흥분을 느낄 수 있는 것처럼 보인다. 한편, 어느 연구결과에 따르면 척추에 중상을 입은 사람들은 감정적인 도취상태를 느끼지 않고서도 성적 흥분이 절정에 달할 수 있다고 한다. 그러나 홀스티지 교수는 성적 흥분이 대뇌 활동과 관련되어 있다고 생각했다.

두말할 것도 없이, 그의 연구결과는 신문 지상을 통해 대서특필되었다. 《런던타임즈》지는 제3면에 홀스티지 교수의 연구내용을 게재했으며, 주로 선정적인 기사를 선호하는 타블로이드 신문처럼 성적 흥분상태에 빠진 뇌의 모습을 함께 실었다. 기사는 '여성에게 쾌락은 (거의) 정신적인 것'이라는 제목으로 홀스티지 교수의 연구결과를 다음과 같이 언급했다. '남성의 뇌는 육체적인 자극에 집중적으로 반응하지만, 여성은 정신적인 편안함을 원한다. 남성은 성적 흥분이 절정에 달했을 때 강한 욕정을 느끼지만 여성은 정신적인 무아지경에 몰입한다.'

홀스티지 교수는 농담 삼아, 고대 그리스 시인 호메로스_{Homeros}의 서사시에 등장하는 예언자 티레시아스와 자신의 연구결과를 비교한 적이 있다. 제우스는 부인 헤라와 '성교를 할 때, 남자와 여자 둘 중에 누가 더 큰 쾌락을 느끼는가?'라는 문제로 말다툼을 하다가 양성애자 티레시아스를 불러 판정을 부탁했다. 티레시아스는 여성으로서 성교에 임했을 때

남성보다 10배나 더 큰 쾌락을 느꼈다고 대답했다. 여러분은 헤라가 이 대답을 듣고 기뻐했으리라고 짐작했을 것이다. 그러나 사실은 그렇지 않다. 헤라는 티레시아스가 자신의 잠자리 기술을 모욕했다는 생각에 격분한 나머지 그를 장님으로 만들어 버렸다.

내가 아는 한, 홀스티지 교수는 자신의 연구결과 때문에 티레시아스처럼 장님이 되는 형벌을 받지는 않았다. 현명하게도 그는 티레시아스와 자신의 의견이 어떤 의미에서는 다르고, 어떤 의미에서는 같다고 말했다. 그의 연구결과에 따르면 여성은, 단층 촬영 장치를 속일 정도는 아니지만 성적 흥분상태를 가장할 수 있을 정도로 기술이 뛰어나다.

현대인은 '내가 성교를 해야 하는가?'라고 묻는 반면, 고대인은 '내가 어떻게 성교를 해야 하는가?'를 묻는다는 이야기가 있다. 이와 같이 성교에 대한 현대인과 고대인의 가치관은 '어떻게'라는 사소한 단어 하나를 통해 확연히 구분된다. 즉, 현대인이 성교의 본질적인 장점을 중시하면서 성교에 선(善)이라는 도덕적 가치를 부여하고자 애쓴다면, 고대인은 성교를 통해 얻을 수 있는 효용을 중시한 것이다.

고대 아테네인들은 '아프로디테의 선물(성교를 의미함–역주)'에 대해 나름대로 독특한 관점을 가지고 있었다. 그들은 성교가 본질적으로 좋은 것이기 때문에 어떤 형태로든 성교를 할 수 있으나, 모든 성교가 반드시 바람직한 것은 아니라고 생각했다. 누구든지 이성(異性), 동성(同性), 부부 간에 성교를 할 수 있고 꼭 부부 사이가 아니라도 성 관계를 맺을 수 있다. 중요한 것은 '성교를 통해 얼마나 큰 효용을 얻을 수 있는가?'와 '성교에 얼마나 열중했는가?'이다. 그러나 기독교에서 성교를 바라보는 관점은 이와 근본적으로 달랐다. 기독교에서는 성교가 본질적으로 좋은 것인지를 확신할 수 없기 때문에 모든 형태의 성교가 허용되는 것은 아니며, 오히려 수많은 성 행위를 금지시켜야 한다고 생각했다.

고대 아테네의 정치가 페리클레스Pericles의 시대에는 헤르메스(그리스 신화에서 전쟁의 신-역주) 상(像), 바커스(그리스 신화에서 술의 신-역주) 신(神)의 그림, 벽화, 초인종 등 거리 곳곳에 남근(男根)의 모습이 묘사되어 있었다. 그러나 로마시대 태양력이 제정된 지 100년이 지난 후, 남근이 발기한 모습은 미셸 푸코의 말처럼 '신에게 반항하는 인간의 모습'을 상징하는 것이 되어 버렸다.

플라톤의 대화편 「향연」에 등장하는 소크라테스와 알키비아데스의 성교 장면을 떠올려 보자. 알키비아데스는 소크라테스의 제자로 영화배우 제임스 딘처럼 잘 생기기기로 유명한 사람이었다. 그는 소크라테스에게 반한 나머지 소크라테스를 침대로 유혹했다. 알키비아데스는 제아무리 고귀한 소크라테스라 할지라도 자신의 매력에는 꼼짝없이 넘어올 것이라고 자신했던 것이다. 그러나 결과는 전혀 뜻밖의 것이었다. 소크라테스는 밤새도록 알키비아데스와 한 이불 속에 있었지만, 알키비아데스에게 손끝 하나 대지 않았다. 그는 알키비아데스를 사랑했지만, 육체적인 성교가 아니라 지적인 교류를 열망했던 것이다.

기독교 도덕주의자와 세속적인 윤리학자들은 각각 소크라테스와 알키비아데스가 남자이고 사제 관계이므로 성 관계를 맺는 것은 잘못이라고 주장할 것이다. 그러나 소크라테스는 알키비아데스와 성 관계를 맺는 것이 잘못이라기보다 최선의 일이 아니라고 생각했다. 그는 알키비아데스와 성 관계를 맺을 수는 있지만 그렇게 하는 것은 육체의 갈망과 영혼의 갈망을 혼동하는 행위이며, 육체의 갈망에 탐닉하는 것은 소중한 영혼의 갈망을 짓밟는 행위라고 생각했다.

원래 플라토닉한 관계란 이처럼 육체적 욕망을 완전히 배제하는 것이 아니라, 올바른 방향으로 절제하는 것을 의미한다. 그렇다면, 인간에게 중요한 문제는 '내가 성교를 해야 하는가?' 가 아니라 '내가 어떻게 성교를 해야 하는가?' 일까?

플라토닉한 애정관은 역설적인 결과를 초래했다. 사람들은 성교란 누구나 마음껏 즐길 수 있는 것이 아니라고 생각하게 되었으며 차츰 '성교를 어떻게' 해야 하는가?' 에 대하여 진지하게 논의하기 시작했다. 심지어 현대 청교도주의에 맞먹을 정도로 엄격한 이상(理想)을 내세우는 사람들도 생겨났다. 플라톤의 「향연」에 등장하는 파우사니아스(그리스 장군으로 한때 페르시아를 격파했으나 후일 페르시아와 내통하다가 신전(神殿)에 감금됨-역주)는 애정 행위에 대한 그리스 도시들의 다양한 관습을 비교했다. 그는 아테네와 같이 복잡한 애정관을 선호할수록 바람직하다고 주장했다. 그의 주장에 따르면, 성교에 적합한 나이와 행위 등 여러 요소들을 복잡하게 고려함으로써 고귀한 사랑이 저속한 육체행위로 전락하는 것을 막을 수 있다. 또한 그는 가장 고귀한 사랑이란 연인과 모든 것을 공유하며 여생을 함께 보내는 것이라고 주장했다.

파우사니아스는 청교도와 완전히 다른 사상을 가지고 있었다. 그는 애정 행위에 도덕적 규범을 부과하는 대부분의 도시들에 반대했으며 그 중 가장 나쁜 것은 애정 행위를 공개적으로 금지하는 것이라고 주장했다. 어떤 도시들은 애정 행위에 대한 일부 관습을 금지했는데, 그 이유는 성교를 잘못으로 간주했기 때문이 아니라 성교가 너무 복잡한 문제라서 법의 힘으로 엄히 다스리지 않으면 이를 해결할 수 없다고 생각했기 때문이다.

파우사니아스는 성교에 대한 기준을 명확하게 규정하는 것은 사랑 자체를 방해하는 처사라고 주장했다. 또한 '성교를 어떻게 해야 하는가?'를 논할 수 없다면, 성교는 단지 도덕적 규범에 복종하는 행위에 불과하다고 생각했다.

물론 현대인이 상대적으로 별로 중요하지 않은 문제, 즉 '성교를 해야 하는가?'를 중시한다는 가정에 이의를 제기하는 사람도 있을 것이다. 그러한 사람들은 피임약이 발명되고 남녀가 가부장적 남성 중심적 가치관에서 해방된 이후로 이 문제를 고민할 필요가 없어졌다고 생각한다. 심지어 오늘날에는 '성교를 해야 하는가?'와 '성교를 어떻게 해야 하는가?'라는 문제 둘 다 고민할 필요가 없으며, 그 대신 '성교를 해라!'라는 것이 일종의 지상 명령처럼 되어 버렸다고 주장하는 사람들도 있을 것이다. 이러한 주장은 대부분 일리가 있을 뿐 아니라 때때로 유쾌한 성 관계를 맺는 계기로 작용하기도 한다. 그러나 여기서 우리가 주목해야 할 것은 '성교를 해라!'에는 '어떻게'라는 단어가 빠져 있으며 아예 그러한 단어가 들어갈 자리조차 없다는 사실이다. 결국 성교에 대한 도덕적 가치와 효용 둘 다 공평하게 무시해버린 셈이다.

철학자 미셸 푸코는 성교에 대한 고대 그리스인과 기독교인들의 견해 차이뿐 아니라 현대인들의 성교에 대한 가치관이 예전과 이렇게 다른지도 규명해냈다. 하지만 그 이유는 푸코가 동성애자라서 이러한 가치관의 변화 덕분에 자유로운 성생활을 누리게 되었기 때문은 결코 아니다. '성교를 해라!'란 지상 명령이 등장하면서 예전에는 금지되었던 애정 행위들을 할 수 있게 되었다는 점을 감안할 때, 그러한 명령이 훨씬 개방적인 사회를 만드는 데 기여했다는 것은 사실이다. 그러나 푸코는 '어떻게'라는 단어가 사라짐에 따라 인간이 무엇을 잃게 되었는지를 너무나도 잘 알고 있었으며, 이러한 현상을 다음과 같이 걱정했다.

'인간은 이제 이상적인 아름다움을 갖춘 육체에도 만족하지 못하게 된 것일까? 현대의 성교는 특별하고 강렬한 행위 이외에 또 다른 의미를 갖게 된 것일까?'

어떤 사람들은 오늘날 포르노 산업이 급속히 성장하고 있는 모습을 상상하면서 푸코의 걱정에 공감할 것이다. 그러나 푸코는 근본적으로 포르노 산업처럼 가시적인 현상을 염려한 것은 아니었다. 그는 '어떻게'라는 단어가 사라지게 된 이유가 성(性)의 과학(성 행위에 대한 진실을 지식의 형태를 빌어 공개적으로 담론화하는 현상-역주)이 등장하여 고대 '성애의 기술(성의 과학에 상반되는 개념으로, 성 행위의 다채로운 쾌락들을 신중하게 다스려 세속적인 공포를 망각할 수 있도록 고안된 비밀스러운 방법들-역주)'을 초기 기독교인들보다 더 심하게 손상시켰기 때문일지도 모른다고 생각했다.

이제 홀스티지 교수의 실험에 대한 이야기로 다시 돌아가 보자. 이 실험은 '섹스 산업'이나 일부 '칙 플릭(여성 관객을 겨냥하여 제작된 영화로, 다양한 감정적 문제 또는 인간관계를 주요 소재로 함-역주)'처럼 성교를 객관화한다. 홀스티지 교수의 실험은 발기부전 치료제를 개발하거나 인간의 지식을 넓히는 등 나름대로 중요한 목표를 갖고 있다. 그러나 문제는 이 실험이 과연 무엇을 연구하기 위한 것이며, 사람들이 그 결과를 어떻게 받아들이는가 하는 것이다.

성(性)의 과학은 본질상 성교를 대인관계의 영역에서 완전히 분리시켜 비인간적인 영역으로 이동시키는 것이다. 대인관계의 영역에서는 '성교를 어떻게 해야 하는가?'를 중시하지만, 비인간적인 영역에서는 '성교를 해야 하는가?'란 문제조차 하찮은 것으로 무시해 버린다. 또한 성(性)의 과학은 성교를 고대 및 기독교의 규범 등이 개입된 도덕적 문제에서 효용, 생리적 기능 등을 측정하는 생물학적 문제로 변질시켜 버린다.

더욱 걱정스러운 사실은 과학이 현대사회에 미치는 영향이 너무나 크기 때문에 사람들이 신문에 도배된 과학적 실험 결과들을 보고 모두 성(性)을 의미하는 것처럼 오해하는 현상이 발생할 우려가 있다는 점이다. 마르쿠스 아우렐리우스가 인간의 성 생활을 그토록 냉소적으로 묘사한 것은, 그가 특유의 예리한 통찰력으로 오늘날의 이러한 현상을 일찍이 예견하고 있었던 탓일지도 모른다. 오늘날 성교의 과학적 의미는 과연 아우렐리우스가 말했던 것, '두 사람이 배를 맞대고 발작적으로 정액을 분비시키는 행위'와 무엇이 다르다는 말인가?

For our discussion is about no ordinary matter but on the right way to conduct our lives.
Seize the day!
The unexamined life is not worth living.
A person's character is their fate.
"Know thyself?" If I knew myself, I'd run away.
This not contrary to reason to prefer the destruction of the whole world to the scratching of my finger.
You must be the change you wish to see in the world.
Tell the truth but tell it slant. Success in circuit lies.
Yes, we are all individuals! : I'm not!

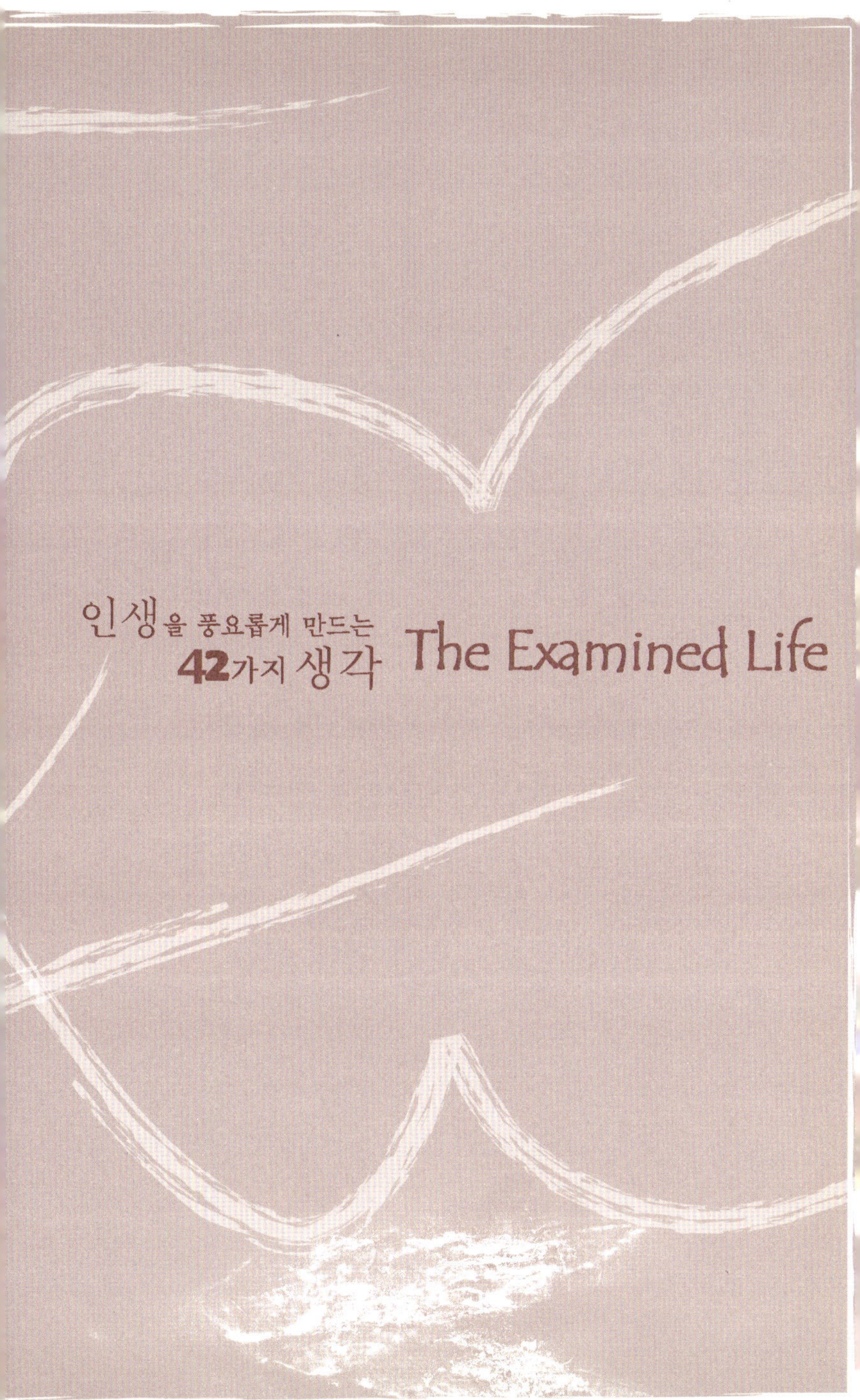
인생을 풍요롭게 만드는
42가지 생각
The Examined Life

우리가 이야기하는 것은
그저 평범한 문제가 아니라
인생을 바르게 살아가는 방법에 대한 것이다.

For our discussion is about no ordinary matter
but on the right way to conduct our lives.

− 플라톤Plato

영국 철학자 버나드 윌리엄스는 자신의 저서 『도덕론』에서 이렇게 말했다. "도덕이라는 주제를 다룬 책은 다 합쳐도 문자 그대로 다섯 손가락 안에 꼽힌다." 윌리엄스가 생각하는 위대한 도덕서는 과연 어떤 것들이며, 이러한 책들은 정말 기껏해야 다섯 권밖에 되지 않는 것일까? 철학자 애드리언 무어가 윌리엄스 교수에게 실제로 이 질문을 던졌고, 윌리엄스의 대답은 다음과 같았다.

"플라톤의 『대화론』 전체와 아리스토텔레스의 『니코마코스 윤리학』, 데이비드 흄의 『도덕적 원리에 대한 두번째 연구』, 임마누엘 칸트의 『도덕적 원리의 근간』, 니체의 모든 저서들이 그것이다."

그렇다면 이 위대한 저서들을 통해 인생을 올바르게 살아가는 방법을 도출해낼 수 있을까?

플라톤은 삶의 목적이 행복이며, 우리가 원하는 삶은 인간답게 사는 것이라고 주장했다. 그러나 그의 주장은 다소 모호하다. 그는 행복을 미덕과 동일시했다. 행복하게 사는 방법은 따로 있으며 이를 위해서는 미덕의 실천을 통해 실제적인 지성을 갖추어야 한다는 것이다. '어떻게 살아야 하는가?'에 대한 문제는 '우리가 미덕을 실천하기 위해 생활방식을 어떻게 바꿀 수 있는가?'에 달려 있다고 말이다. 플라톤의 대화론은 바로 생활방식을 변화시키는 방법에 대한 윤리적인 주제를 다룬 것이다.

아리스토텔레스는 행복과 미덕의 관계에 대하여 플라톤과 같은 의견을 가지고 있었으나, 행복을 얻는 방법에 대해서는 플라톤보다 좀 더 너그러운 입장을 취했다. 도덕적인 좋은 삶, 성공적이고 풍요로운 삶이란 건강, 기본적인 필수품 등 최소한의 생활조건만 갖추어지면 자신에게 적합한 역할 모델을 모방해 얼마든지 얻을 수 있다는 것이다. 따라서 인간은 이러한 삶을 위해 열심히 노력하는 과정에서 자신의 생활모습을 비판적으로 분석하고 자신에게 가장 자연스러운 생활방법을 터득한다. 예컨대 국민을 위한 일에 종사하는 사람은 용기, 관대함, 공정함 등의 측면에서 가장 뛰어난 미덕을 갖게 되고, 철학을 탐구하는 사람은 이성, 인내, 명상 등의 측면에서 가장 뛰어난 미덕을 갖추게 된다.

아리스토텔레스는 이 중에서도 지적인 삶을 선택하는 것이 가장 훌륭한 방법이라고 생각했다. 인간은 성스러운 자질을 품고 있으며 이 자질은 지적인 삶을 통해 가장 눈부시게 빛날 수 있기 때문에 지적인 삶이 최고의 삶이라고 생각한 것이다.

데이비드 흄은 '우리는 어떻게 도덕적 결정을 내리는가?'라는 실제적인 문제를 탐구했다. 그는 공공의 선(善)을 증진하는 것처럼 보이는 결정은 대개 도덕적인 것으로 간주된다고 주장했다. 즉, 인간은 대부분 도덕과 거리가 먼 이기심에 따라 행동한다는 것이다. 그러나 흄은 인간이 감정 이입 등을 통해 남을 깊이 동정하는 마음도 가지고 있다고 생각했다. 심지어 그는 우리가 이성보다는 동정심에 따라 행동해야 한다고 주장했다. 이성은 우리가 살면서 내리게 되는 대부분의 결정을 보다 지혜로운 것으로 연마하기에 적합하지 않은 도구이기 때문이라는 것이다. 동정심은 인간에게 가장 큰 축복을 내려준다. 따라서 인간이 이타적인 마음을 가지고 태어났다는 것은 대단한 행운이다. 그렇다면 우리는 어떻게 살아야 할 것인가? 남을 더욱 깊이 배려하며 살아가면 된다.

임마누엘 칸트는 흄의 소위 감성주의를 반대했다. 감성주의에 따르면 도덕은 우리의 외부에 있는 이성적 권위로부터 생겨나는 것이 아니라 바로 우리 내부에서 생겨나는 것인데, 칸트는 중재자로서의 신이 사라져버린 시대뿐만 아니라 인간 사회에 일반적으로 존재하는 도덕적 체계에 반드시 필요한 기본요소가 이성적 권위라고 주장했다.

또한 칸트는 단언적인 명령(인간은 만인이 원하는 보편적인 기준에 따라 행동해야 한다는 것)이 도덕을 보장할 수 있다고 말했다. 이 명령은 연약한 감정이 아니라 만인이 어디서나 복종해야 하는 보편적인 법을 의미한다. 그러나 흄과 칸트의 도덕론이 일치하는 부분이 하나 있었다. 인간은 다른 목적을 위한 수단이 아니라 본질적인 목적으로 존중되어야 한다는 것이다.

니체는 앞에서 언급한 도덕론의 대가 다섯 사람 중 이단아였다. 나머지 네 사람과 달리 그는 도덕에 관한 모든 이론을 뒤집어놓으려 했다. 그의 이론은 난해하여 쉽게 요약할 수 없다. 아니, 그의 이론을 요약하려는 것 자체가 잘못인지도 모른다. 니체의 저서를 통해 간단한 도덕적 명제를 도출하려는 것은 도덕에 대한 그의 주요 비평 중 하나와 어긋나는 행위이기 때문이다.

니체의 주장에 따르면 도덕은 인생의 지평을 넓히기 위한 기술이 아니라 인생을 지배하기 위한 관습으로 사용되는 경우가 많다. 기독교가 그 대표적인 예이다. 기독교는 올바른 삶을 사는 방법은 성서라는 맹목적인 명령을 따르는 것이라고 가르친다. 니체가 염세주의자였던 것은 도덕적이건 물질적이건 간에 인간의 진보에 대한 신화가 거짓이라고 생각했기 때문이다.

인생을 어떻게 살아가야 하는지에 대한 니체의 답은 어떻게 보면 이러한 거짓 신화에서 벗어나 인간의 생활조건에 대한 불확실성을 있는 그대로 받아들이는 것이라 할 수 있다.

윌리엄스가 손꼽은 저자 다섯 명은 모두 도덕론의 대가이지만, 우리가 그들의 주장을 통해 얻을 수 있는 도덕적 명제는 사실 아무것도 없다. 다만, 우리는 여기서 다음과 같은 교훈을 하나 얻을 수 있다.

어떻게 살아야 하는지를 알고 싶다면, 인생을 직접 살아보는 수밖에 없다는 것이다. 살다보면 행하지 않는 도덕과 지혜롭게 행하는 도덕이 어떻게 다른지 깨닫게 될 것이다.

오늘을 즐겨라!

Seize the day!

– 호라티우스Horace

나는 시계 읽는 법을 배우는 대여섯 살 무렵, 특이한 경험을 했다. 시계 읽는 법을 어떻게 배웠는지는 잘 기억나지 않지만 시계를 바라보는 내 머릿속에 갑자기 들어온 계시가 있었으니, 바로 '시간은 지나간다'는 것이었다. 시간은 1시간뿐만 아니라 단 1초까지도 지속성을 가지고 있다(특히 어린아이들에게 1시간은 결코 지나가지 않을 것처럼 길게 느껴지기 마련이다).

시간의 흐름에 대한 이 놀라운 계시는 어린 나에게 호기심과 동시에 두려움을 불러일으켰다. 정말 시간이 지나가는 것이라면, 고대 로마의 시인 호라티우스Horace의 유명한 격언이 담긴 송시(頌詩)의 어느 한 구절처럼 '심술궂은 분(分)은 몰래 지나가 버리기' 때문이다. 시계바퀴는 지칠 줄 모르고 힘차게 돌아가면서 시간을 움직이는 영원한 힘을 보여준다. 그리고 우리는 시간을 결코 멈출 수 없다!

나는 시간을 붙잡으려고 애써 본 적이 있다. 내 생각으로는 시간이 팽팽하고 긴 천 조각과도 같아서, 만약 그 천을 붙잡을 수 있다면 초(秒)를 잡아당겨 길게 늘일 수 있을 것만 같았다. 그러나 문제는 시간의 천을 내 주위에서만 흘낏 볼 수 있다는 것이었다. 내가 시간의 천을 정면으로 보려고 돌아서는 순간, 그 천은 이미 사라지고 없었다. 시간이 너무나도 빨리 지나가는 바람에 나는 시간이 지나가 버렸다는 것도 알아채지 못했다.

시간은 세계에서 가장 정확한 경도 측정용 시계조차 슬쩍
피해 지나가곤 한다. 이 시계는 매일 0.000000001초 단위
까지 측정할 수 있지만, 시간을 완벽하게 측정할 수는 없다.
시계는 지구를 따라 공전하므로 지구가 대지에 가까워지는
순간에 다른 시간을 표시할 수 있기 때문이다. 그렇다면 어느
시계가 정확한 것일까? 아인슈타인에 따르면, 그 답은 경우
에 따라 다르다.

고대 철학자들은 시간의 수수께끼를 풀기 위해 고민했다.
그리스의 철학자 제노Zeno는 '시간의 지속 주기'를 잡을 수 있
다고 말했다. 그의 주장에 따르면 시간은 동일하게 두 개의
주기로 나눌 수 있으며, 이 주기들을 두 개씩 계속 구분하다
보면 원래의 시간 전체가 하나의 무한대로 수렴된다. 그러나
무한한 시간을 어떻게 특정 주기로 구분할 수 있단 말인가?
수학적으로 말하면 제노는 무한대의 복잡한 개념을 발견한
것이다. 한편, 존재론적 관점에서 본다면 제노의 사고(思考)
실험은 시간을 절묘하게 해부하여 시간이 하나의 순간에서
다음 순간으로 쏜살같이 흘러가고 있는 모습을 표현한 것으
로 볼 수 있다.

시간에 대한 고대 철학자들의 사상은 '어떻게 하면 잘 살
수 있는가?'라는 문제와 직결된다. 이 문제는 바로 '현재의
삶을 어떻게 살 것인가? 오늘을 어떻게 잡을 것인가?'를 의

미한다. 고대 철학자들이 중요하게 생각한 것은 과거도, 미래도 아니었다. 과거는 이미 잘 알려진 데다 기억 속에 생생하게 남아 있으므로 너무나도 쉽게 다가온다. 미래는 희망이나 불안으로 채워질 수 있으므로 또한 너무나도 쉽게 다가온다. 중요한 것은 현재를 어떻게 살아가느냐이다. 현재는 과거도, 미래도 아니므로 다가오기 어렵다.

고대 철학자들은 사람들에게 귀중한 교훈을 일깨워 주었다. 우리는 시간의 화살이 어제를 지나 오늘로 날아오는 것처럼 생각하면서 현재를 과거와 미래가 만나는 순간으로 여길 때가 많다. 즉, 현재는 따로 독립된 시간이 아니라 과거와 미래의 연결지점에 불과하다고 믿는 것이다. 그러나 사실은 그렇지 않다. 과거의 끝 또는 미래의 시작 지점에는 현재라는 새로운 시간이 존재한다.

우리는 시간, 특히 현재를 어떻게 경험하는 것일까? 우리가 살고 있는 곳은 과거나 미래가 아니라 현재이다. 현재는 잃어버린 과거와 장차 실현될 미래가 겹쳐진 '두께'를 우리에게 선사한다. 우리는 삶의 방법을 통시적(通時的)이 아니라 공시적(共時的)으로, 즉 현재의 생각과 행동을 통해 찾아간다. 내 어린 시절의 기억으로 비유하자면, 양쪽에서 서로 대립하는 힘으로부터 현재의 천 조각을 풀어내는 것이라고나 할까?

스토아 학자와 에피쿠로스 학자들은 여러 가지 문제들에

대하여 거의 언제나 서로 다른 입장을 취했지만, 유독 시간에 관해서는 의견이 일치했다. 그들은 현재를 풍요롭게 가꾸려면 시간을 과거와 미래로 구분하지 말아야 한다고 주장했다. 스토아학파에 속했던 마르쿠스 아우렐리우스_{Marcus Aurelius}가 풍요로운 현재를 위해 선택한 방법은 정신적으로 과거에 연연하지 않으며 미래에 대해 고민하지 않는 것이었다.

"당신을 미래와 과거로부터 떼어놓을 수 있다면 오직 당신이 지금 살고 있는 삶, 즉 현재에 충실하라. 당신은 죽음을 맞이하여 평안, 자비, 평온 속에서 영원히 잠들 때까지, 당신에게 남은 시간을 살 수 있다."

에피쿠로스 학자들은 쾌락에 대한 진실(쾌락의 강도(强度)가 시간과 무관하다는 것)을 추구함으로써 시간의 동시성을 강조하고자 노력했다. 그들은 이렇게 말했다.

"시간의 한계를 이성적으로 측정하면, 유한한 시간과 무한한 시간은 모두 우리에게 동일한 쾌락을 선사한다."

그들의 주장에 따르면 미래에 무한한 쾌락이 약속되어 있다 하더라도 인간이 쾌락을 느끼는 강도는 더 높아지지 않는다. 인간이 쾌락을 즐기는 능력은 현재로 한정되어 있기 때문이다.

에피쿠로스 학자들의 주장은 거의 완벽한 것으로 보일 수도 있다. 그러나 실제로 현재의 순간을 잡는 것은 그렇게 쉬운 일이 아니다. 많은 사람들은 내일 일을 걱정하지 않고 살기 원하지만, 현실적으로 미래를 걱정하지 않을 수 없다. 쾌락은 시간과 무관하다는 말이 옳을 수도 있지만, 무한한 쾌락이 약속된다면 쾌락이 본질적으로 증가하지 않을까?

더욱 유감스러운 사실은 오늘날의 생활환경이 현재를 누리기에 적합하지 않다는 것이다. 증권시장에서 주식 가격이 현재의 가치가 아니라 미래의 예상수익에 따라 결정되는 것과 마찬가지로, 오늘날 인생은 잠재적 가치에 따라 평가되는 경향이 있다. 우리는 신용등급, 의료보험, 연금, 주택 가격에 몰두한 나머지, 언제나 미래를 설계해야 한다는 강박관념에서 벗어나지 못한다.

미국의 사회학자 리차드 세넷Richard Sennett은 개인의 가치 또한 미래 지향적이라고 주장했다. 기업들은 개인의 현재 능력이 아니라, 개인이 아직 알지도 못하는 미래의 난관들에 대처하도록 훈련할 수 있는 잠재성을 기준으로 직원을 고용하기 때문이다.

현대인의 소비생활 또한 미래 지향적이다. 어떤 사람들은 컴퓨터 프로세서의 속도를 높여야 하는 만일의 경우에 대비해 고성능 컴퓨터를 구입한다. 심지어 자동차의 가속도를 최대한도까지 높여야 하는 만일의 경우에 대비하여 고성능 자동차를 구입하는 사람도 있다. 예전에 사용하던 차를 더 이상 원하지 않는 사람은 인생에서 뭔가 부족하다고 느끼는 것일까? 세네카의 말처럼, 자신을 과거와 미래에서 분리시킨 사람은 '모든 것을 가지기가' 거의 불가능한 것처럼 여겨진다.

미래의 약속과 과거의 향수는 현재의 삶이라는 천 조각에 나타난 고단함 속에 새겨져 있는 것처럼 보인다(미래의 약속과 과거의 향수는 언제나 함께 움직인다. 인간은 단순한 과거에 대한 기억을 통해 미래에 대한 불안감을 위로받으려 하기 때문이다). '현재를 즐기라'고? 그렇게 하고 싶어도 그럴 수 없는 것이 현실이다.

과거와 현재를 깨끗이 잊어버리는 극단적인 방법을 실제로 사용하기 어렵다면, 보다 쉬운 극단적인 실험, 즉 사소한 생각을 통해 현재를 즐겨보자. 사소한 생각들은 현재를 채워준다. 우리는 자거나, 휴일을 즐기거나, 사랑에 빠져 있을 때를 제외하면 사소한 생각들로 현재의 시간을 보낸다.

마르쿠스 아우렐리우스는 일찍이 이러한 사실을 발견하고 자신의 사소한 생각들을 『명상록』으로 표현했다(아우렐리우스가 황제였는데도 이 책에 위대한 정치적 사상들을 별로 담지 않은 것은 그 때문일지도 모른다). 그가 『명상록』을 쓴 목적은 자신의 사소한 생각들을 인지하고 예지적, 보편적인 격언으로 표현해 이러한 생각들을 초월하기 위해서였다. 아우렐리우스가 남긴 '네 자신 속으로 후퇴하라.'는 말은 어쩌면 야만족 유목민들의 침략에 대한 두려움을 표현한 것일지도 모른다. 또한 그는 허풍쟁이와 몽상가들에게 싫증이 난 탓인지, '허무맹랑한 공상 따위는 깨끗이 치워버려라.'고 말했다.

사소한 생각에 몰두함으로 얻을 수 있는 이점은 두 가지로 생각해 볼 수 있다. 첫째, 사소한 생각들은 현재에 존재하기 때문에 우리가 이러한 생각에 몰두할수록 현재에 충실하게 된다는 것. 둘째, 우리가 사소한 생각들을 버리는 순간, 이 생각들은 구체화되어 우리가 현재를 더욱 생생하게 느낄 수 있도록 도와준다는 것.

사소한 생각에 몰두하려면 처음에는 노력이 필요하다. 즉, 현재를 1초마다 생생하게 인식하기 위해 노력해야 한다. 아우렐리우스는 "바로 이 순간, 자신이 완벽한 마음의 평화에 젖어있다는 사실을 알아차리는 것은 얼마나 쉬운 일인가!"라고 말했다. 아마도 그는 인간이 습관에 길들여지면 자신이 완벽한 상태에 있는 것처럼 착각하기 쉽다는 사실을 경고하려 했던 것 같다.

생각하지 않는 삶은 살 가치조차 없다.

The unexamined life is not worth living.

– 소크라테스 Socrates

　　　　　소크라테스의 대화편은 여러모로 매력적인 내용들을 많이 담고 있다. 하지만 그 중에 삶의 진실을 담고 있는 것은 과연 얼마나 될까?

자립심이 강한 사람은 소크라테스의 대화편에 담겨있는 사상들을 좋아할 것이다. 이 대화편은 여러 가지 문제들에 대해 자신만의 의견을 형성할 수 있게 해주기 때문이다. 게다가 특정 의견을 강요하는 것이 아니라 스스로 다양한 의견을 도출해 내도록 유도한다는 점에서 자기 수양을 돕는 효과가 있다. 그러나 유감스럽게도 이러한 자기 수양의 과정은 읽는 이로 하여금 모든 의견이 다 옳으며, 진실은 자신의 판단에 따라 얼마든지 달라질 수 있다는 착각을 불러일으킬 우려가 있다.

소크라테스의 대화편은 학교에서 가르치는 철학 교육과정에 인용되기도 한다. 학생들은 대화편이 던지는 질문들을 통해 세상을 탐구해 명확하게 사고하는 힘을 기르게 된다. 좋은 질문일수록 소크라테스식의 사상을 확립하는 데 도움이 된다. 그러나 이러한 과정에서 학생들은 소크라테스 철학의 핵심인 '명확한 사고의 목표는 자신을 위한 것이 아니라 자신을 변화시키는 데 있다'는 것을 놓치곤 한다.

명확한 사고의 첫 단계는 어리석은 착각에서 깨어나는 것이다. 하지만 명확한 사고가 본질적으로 지혜처럼 간주될 경우, 인간은 착각에서 깨어나기는커녕 더 큰 착각에 사로잡히고 만다.

플라톤의 소크라테스식 대화론은 진정한 지혜의 본질을 다룬 것으로, 지혜는 지식 자체라기보다 지식의 한계를 이해하는 것이라고 이야기한다.

풋내기 철학자는 이러한 사실을 잊어버리고, 극단적인 비관주의 또는 극단적인 낙관주의(이성은 좋은 질문이 아니라 좋은 질문에 대한 대답을 통해 승리할 수 있다고 믿는 것)에 빠지기 쉽다.

소크라테스의 반어적인 대화법이 유명한 것은 바로 그 때문이다. 소크라테스는 다양한 형태의 반어법을 사용했다. 그는 마치 훌륭한 교사처럼 상대방의 말에 기꺼이 귀를 기울였지만 속으로는 상대방이 무슨 말을 할 것인지, 그리고 자신이 그 말에 어떻게 대답할 것인지를 이미 잘 알고 있었다. 그러나 소크라테스의 반어법은 근본적으로 철학자가 기껏해야 극히 일부만을 손에 넣을 수 있는, 혹은 평생 단 한 번도 다가갈 수 없는 대상을 사랑한다는 사실을 반영한다. 그의 반어법을 이해하기 원한다면, 우선 온전한 정신을 가져라.

인간의 성격은
운명을 좌우한다.

A person's character is their fate.

- 헤라클레이토스 Heraclitus

영국의 사상가 존 스튜어트 밀John Stuart Mil
은 스무 살이 되기 전까지는 성공의 비결을 잘 알고 있다고
생각했다. 그는 영국의 철학자 제레미 벤담Jeremy Bentham처럼
노동의 목적이 '최대 다수의 최대 행복'이라고 믿었으므로
자신이 사회적 정치적 개혁자라는 굳은 신념 속에서 큰 만족
을 얻었다.

밀은 세 살부터 그리스어를 읽었고 10대 초반에는 벤담의
저서를 탐독했을 뿐 아니라, 아예 불어로 옮겨 썼을 정도였
다. 밀의 성격이 형성되기 시작한 것은 이 무렵으로, 그 이전
에는 뚜렷한 방향 없이 그저 단편적인 지식을 얻는 데 불과했
다. 그는 이제 체계적인 사상을 확립하게 되었다고 생각하면
서 거의 종교적인 생활목표를 추구하기에 이르렀다.

하지만 밀은 스무 살이 되자 엄청난 좌절에 빠지게 된다.
그는 당시 깊은 바다처럼 심오한 지성을 가지고 있었지만, 편
협한 성격으로 인해 성인기로 쉽게 접어들지 못했던 것 같다.
밀은 유년시절의 교육을 기반으로 형성된 인생목표를 운명으
로 착각하고 계속 추구했다면, '멍청한 정신상태'에 젖어있
던 자신의 성격을 거듭나게 만든 중대한 변화를 결코 맞아들
일 수 없었을 것이라고 회상했다. 밀은 이 변화로 인해 자의
식을 뿌리째 뒤흔드는 중대한 고민 속에 빠지게 되었다. '네
인생의 목표가 모두 이루어졌다고 상상해 보라. 네가 고대하
는 제도적 사상적 변화가 모두 지금 이 순간에 완전히 이루어

진다면, 너는 과연 커다란 기쁨과 행복을 느낄 수 있을까?'
스무 살의 청년 밀은 억누를 수 없는 자의식이 "아니다!"라고
대답하는 것을 느끼는 순간, 크게 낙심했다.

그렇다면, 이제 무엇을 위해 살아야 하는가? 그는 다시 책
속에 파묻혔지만 아무 답도 찾을 수 없었다. 또한 그는 마음
속에 간직해 왔던 인류애를 통해 답을 찾아보려 애썼지만, 인
류애는 이미 사라져 버리고 없었다. 게다가 자신의 인생철학
조차 피상적이고 천박하게만 느껴졌다. 밀은 지금까지 받아
왔던 교육이 단지 연상 작용에 근거한 것임을 깨달았다. 그는
최대 다수에게 유익한 것을 즐거운 것으로 여기려 애써 왔으
나, 이는 사실 상처와 고통만을 안겨줄 뿐이었다. 공리주의라
는 그가 믿어왔던 종교는 점점 감정과 미덕이 없는 비인간적
인 것으로 느껴지기 시작했다.

앨버트 아인슈타인 또한 이렇게 생각했다. '평안이나 행복
을 삶의 목표로 추구하는 것은 결코 매력적인 일이 아니다.
이러한 목표를 기반으로 하는 윤리 체세는 차라리 소 네 한가
운데로 던져 버리는 편이 낫다.' 그 이유는 무엇일까? 공리주
의는 열정이 아니라 쾌락을 추구했기 때문이다.

'자연 속에서는 결코 나의 성격을 새롭게 변화시키는 힘을
찾을 수 없다.'는 우울한 생각은 몇 달 동안이나 밀의 머릿속
을 떠나지 않았다. 낙심한 밀은 희망 없이 일하고, 영혼 없이

글을 쓰면서 그저 습관적으로 살아갈 따름이었다. 그는 워낙 분석적인 성격이라 미래를 어떻게 살아가야 할지 어서 결정해야 한다는 강박관념에 사로잡힌 나머지, 이대로 가다가는 1년 이내에 자살하고 말 것 같았다.

그러던 어느 날, 밀은 프랑스의 장 프랑수아 마르몽텔 부친의 죽음을 묘사한 내용을 읽고 감동의 눈물을 흘리게 되었다. 그는 이 카타르시스적인 경험을 통해 마치 암울한 안개 속에서 한 줄기 빛을 만난 것 같았다. 결코 쉬운 일은 아니었지만, 이제 그는 인생의 즐거움을 되찾을 수 있는 길을 찾아낸 것이다.

'나는 더 이상 희망 없는 나무 그루터기나 돌덩어리가 아니었다. 그리고 내 자신이 마치 귀중한 성격과 행복을 위한 능력을 만들어내는 그 무엇인가를 손에 넣은 것처럼 느껴졌다.'

밀의 성격은 두 가지 의미에서 변화된 것으로 볼 수 있다. 첫째, 그는 새로운 인생철학을 선택했다. 행복은 모든 사람들이 바라는 것이지만 그의 인생목표는 이제 더 이상 행복이 아니었다. 그가 찾아낸 삶의 목표는 행복이 아닌 다른 것, 탁월함, 또는 본질적인 가치를 지닌 그 어떤 것에 있었다. 그는 행복이란 '살다 보면 언젠가는' 오기 마련이라고 생각했다. 따라서 행복에 집착할수록 인생을 망치게 될 뿐이며 행복이 아닌 삶의 목표를 중시해야 한다고 생각했다.

둘째, 밀은 공리주의적인 계산방법을 따르는 '논증하는 기계'와 반대로 풍부한 감정을 가져야 한다고 생각했다. 그는 음악을 너무 깊이 알게 되면 음악에 대한 열정을 잃게 될까봐 두려워했으나, 오히려 음악에 심취함으로써 가장 숭고한 감정을 품을 수 있게 되었다. 시 또한 그에게 새로운 의미로 다가왔다. 밀은 시를 통해 상상력뿐 아니라 인생을 전체적으로 바라보는 통찰력을 얻게 되었다. 이처럼 그는 새로운 성격이 형성되면서 비로소 낡은 운명의 굴레에서 벗어나게 되었다.

밀은 행운아였다. 그가 성격을 변화시킬 수 있었던 것은 젊은 나이에 풍부한 지혜와 굳은 의지를 가졌기 때문이다.

많은 사람들은 두려움 때문에 또는 자신이 자유로운 처지가 아니라는 생각 때문에 아예 성격을 변화시킬 수 없다고 믿어버린다. 헤라클레이토스의 말처럼 그들은 자신의 신세가 거미줄에 빠진 파리와 같다고 여긴다. 사람들은 새로운 방향으로 가려 할 때마다 성격적 특성이라는 억세고 무자비한 손에 붙들려 주저앉고 만다. 그들의 머릿속을 맴도는 것은 오로지 다른 사람들의 시선에 대한 염려 또는 새로운 변화에 대한 두려움뿐이다. 그들은 빚이나 부양가족에 대한 의무감 때문에 자유롭지 못하다고 느낀다. 그들이 한 마리 거미처럼 두려움에서 과감히 벗어나 근심을 비단실로 꽁꽁 묶은 다음, 다시는 살아나지 못하게 그 근심을 싹둑 잘라버릴 수 있다면 얼마나 좋을까!

상투적인 습관에 집착하는 것은 곧 인생의 덫에 사로잡히는 것이다. 밀의 성격은 어린 시절부터 깊이 뿌리박힌 것이었지만, 그가 나중에 얻게 된 지혜에 비해서는 그리 견고한 기반을 갖지 못했다. 밀의 성격이 두 가지 의미에서 변했다는 것은, 운명처럼 보이는 낡은 굴레에서 벗어나려면 두 가지 문제를 해결해야 한다는 사실을 의미한다.

우선 밀의 새로운 인생철학을 살펴보자. 행복이 아닌 다른 목표를 추구한다는 것은 단지 인생을 전체적으로 바라보는 새롭고 탁월한 통찰력을 얻게 되었다는 사실만을 뜻하는 것이 아니다. 이는 보다 미묘한 문제, 즉 그의 삶이 새롭게 재구성되었음을 의미한다. 밀이 성취한 변화는 아기가 유모차에서 장난감을 던져 버리듯 부친의 공리주의적 신념을 완전히 버렸다는 것이 아니다. 오히려 부친의 공리주의적 신념은 밀이 그동안 받아 온 교육 내용을 재구성하여 완전히 새로운 방향을 택하게 된 계기로 작용했다.

이는 만약 성격이 운명이라면, '성격을 죽이는 것' 또한 운명이라는 교훈을 우리에게 선사한다. 어리석은 멍청이는 아예 성격이 없다. 그러나 멍청이가 아닌 이상, 우리는 과거를 돌이켜보고 현재와 연결해 새로운 미래를 찾아나가야 한다.

인생을 이렇게 변화시키는 것은 단 한 가지 측면, 즉 정신적인 측면과 관련되어 있다. 인간의 마음은 타인의 영향을 받아 새롭게 태어나기도 한다. 밀의 이야기를 한쪽 귀로 흘려듣는 사람이라면, 인간의 마음은 오직 좌절이라는 갑작스런 계기를 통해서만 변할 수 있다고 생각할지도 모른다. 그러나 좌절은 눈물처럼 반드시 나쁜 것만은 아니다. 밀이 성격의 변화를 겪은 지 3년 만에 그의 인생에 중대한 영향을 끼친 사람을 만난 것은 결코 우연이 아니다. 밀은 평생 그 사람과 함께 가장 귀중한 우정을 나누게 되었다. 1830년 그는 해리엣 테일러Harriet Taylor를 만난 후, 두 사람의 우정에 대해 감동적인 글을 남겼다.

그녀는 내가 지금까지 알고 지내온 모든 사람들이 단편적으로 가지고 있던 품성들을 한꺼번에 갖춘 사람이었다. … 그녀의 정신은 일상생활의 자질구레한 근심에서 벗어나 사색이라는 가장 위대한 종교에 심취해 있었기에 언제나 완벽했다. 그녀는 이렇게 완벽한 도구로 본심을 꿰뚫어 보고 문제의 핵심을 파악하여 항상 본질적인 원칙을 찾아냈다. … 그녀의 지적인 재능은 오로지 도덕적인 성격만을 창조했으며 이러한 성격은 내가 지금까지 만났던 사람들 중 어느 누구에게도 찾아볼 수 없는 가장 고귀하고 훌륭한 조화를 이룬 것이었다. … 이러한 품성을 지닌 사람과 정신적인 교제를 나누는 것은 나를 발전시키는 가장 훌륭한 원동력이었다. 그 효과가 단지 점진적이었고 그녀와 내가 마침내 완벽한 교제를 통해 정신적인 진보를 이루기까지 오랜 시간이 걸리긴 했지만 말이다. 그녀가 내게 선사한 혜택은 내가 그녀에게 줄 수 있는 그 어 떤 것보다 값지다. … 내가 그녀에게 진 빚은 지적인 것이긴 하지만, 자세히 살펴보면 거의 무한하다. … 이 빚의 일반적 인 특성을 설명하는 데에는 여러 말이 필요 없다. 비록 그 설 명은 불완전할 테지만 말이다.

밀의 새로 거듭난 성격은 다른 사람들을 향해 활짝 열리게 되었다. 그는 새로 발견한 감정을 통해 누군가 중요한 사람이 되고 싶다면 다른 사람이 필요하다는 사실을 깨달았다. 즉, 인생의 성공을 완전히 새로운 관점에서 이해하는 경지까지 도달한 것이다.

140

"너 자신을 알라"고?
정말로 나 자신을 알게 된다면,
나는 멀리 도망쳐 버릴 것이다.

"Know thyself?" If I know myself, I'd run away.

– 괴테 Goethe

개인적인 의견이긴 하지만, 내 생각에는 C. S. 루이스의 『나니아 연대기』보다 미하엘 엔데의 『끝없는 이야기』가 더 좋은 작품인 것 같다. 두 작품 모두 환상의 세계에서 어린 영웅들이 모험을 통해 어른들의 복잡한 삶을 헤쳐 나가는 이야기를 그린 것으로 진지하면서도 감성적이다. 그러나 엔데의 소설은 인간의 심리를 다채롭게 묘사했다는 점에서 더욱 훌륭하다고 생각된다.

『끝없는 이야기』에서 심리적 묘사가 가장 두드러진 대목은 어린 용사 아트레유가 마법의 거울 문을 들여다보는 시험을 받는 부분이다. 이 거울 문은 인간의 마음속 깊은 곳에 숨어있는 자신의 모습을 그대로 비춰준다. 따라서 거울 문 앞에 선 사람은 자신의 진실한 자아를 볼 수 있다.

또 다른 등장인물 팔코는 거울 문을 들여다보는 일이 조금도 어렵지 않을 거라고 생각하지만, 대부분의 사람들이 자신의 진짜 모습을 전혀 모르고 있다는 사실은 미처 깨닫지 못한다. 이야기에 등장하는 현자 엔지욱은 모든 인간이 자신의 진정한 모습을 외면하며 살아간다고 말했다. 인간의 자아는 대개 야만적인 모습을 띠고 있기 때문이다. 마법의 거울 문 앞에 서면 친절한 사람도 잔인한 모습으로, 용감한 사람도 비겁한 모습으로 비춰진다는 것이다. 엔지욱은 우울한 어조로 다음과 같이 예언했다. "대부분의 사람들은 진정한 자아를 마주보게 되면 비명을 지르며 멀리 달아나버릴 것이다."

괴테는 인간이 자신의 진정한 모습에 대해 느끼는 공포를 잘 알고 있었다. 그는 자신이 델포이 신전의 입구에 새겨진 문구처럼 '너 자신을 알라!' 는 명령을 따르는 순간, 당장 발길을 돌려 달아나 버릴 것이라고 말했다. 괴테는 이 문구를 평생의 좌우명으로 삼았던 소크라테스를 염두에 두고 있었다. 델포이 신전에 새겨진 '너 자신을 알라!' 는 성스러운 장소로 들어오려는 사람들에게 우선 자신이 누구인지 즉, 자신은 신이 아니라는 것을 잊지 말라는 경고의 메시지를 전달한다.

소크라테스는 이 문구를 탐구에 대한 명령으로도 해석했다. 인간은 신보다 못하지만 무지한 짐승보다는 나은 존재이기 때문에 성스러운 지혜는 없을지 몰라도, 이해력은 갖고 있다. 특히 인간은 주변 세계와 자신에 대한 지식의 한계를 인식할 수 있다. 어쩌면 인간의 삶은 다음 문제를 풀기 위한 과정일지도 모른다. "불완전한 피조물, 즉 인간으로서 우리는 우리 뒤에 숨어 있는 것들의 실체를 어떻게 알아낼 수 있단 말인가?"

소그리데스는 이 문제의 답이 비로 '철학' 이리고 했다. 철학은 다음과 같이 두 가지 요소로 구성된다. 첫 번째 구성요소는 오늘날 우리가 철학으로 인식하는 것, 즉 이성을 사용하여 우리의 사상, 삶의 방법 등에 관한 문제들을 탐구하는 것이다. 소크라테스의 주장에 따르면 이러한 사유의 가치는 반박할 수 없는 진리를 이끌어내는 데 있는 것이 아니라, 인간이 무지와 맞닿은 지식의 한계를 분명히 인식하는 도구로 사용될 수 있다는 데 있다. 이러한 사유는 인간이 자아를 인식하는 데 필요한 예비과정이자 철학의 두 번째 구성요소(연약하고 불완전한 자아를 돌보는 삶의 방식을 연구하는 것)가 실현되는 기반이다. 소크라테스는 죽기 직전, 절친한 친구 크리토에게 다음과 같이 말했다.

"지금은 내 말에 동의할 수 없겠지만, 자네는 자신을 소중하게 돌봄으로써 나와 나 자신, 그리고 자네 자신을 기쁘게 할 수 있다네. 그러나 자네가 자신을 무시하고 우리가 지금까지 이야기했던 길을 따라 살지 않는다면, 자네는 아무것도 이룰 수 없네."

철학자 에픽테투스Epictetus가 제자들에게 말했던 바에 따르면, 건축가는 건물을 짓는 수단 자체를 가르치는 것이 아니라 그 수단에 대한 자신의 기술을 발휘하여 건물을 직접 짓는다. 의사는 인체의 기능, 약의 특성, 치료법 등 의학을 연구하지만 그가 이러한 지식을 추구하는 목적은 결국 사람들의 병을 치료하고 건강하게 회복시키는 데 있다.

마찬가지로 소크라테스의 철학은 자신을 돌보는 방법을 제시했다. 예컨대 소크라테스는 친구와 대화하거나 죽음의 의미를 사색함으로써 자신을 돌볼 수 있다고 말했다.

초기 기독교인들은 역설적이게도, 자신을 아는 것은 신비한 그 무엇인가를 이해하는 것이라고 주장했다. 성(聖) 아우구스티누스Saint Augustine의 자서전이라고 할 수 있는 『고백론』은 오늘날 가장 심오한 사색을 통해 인간의 자아를 과감하고 분명하게 파악하려 시도했던 저서로 손꼽힌다. 아우구스티누스의 주장에 따르면, 인간이 그러한 시도를 통해 얻을 수 있는 가장 값진 결과는 바로 신의 필요성을 깨닫는 것이다. 그는 자신을 비롯한 모든 인간의 삶이 마치 구원으로 향하는 길과 같다고 말했다. '주여, 당신께서는 나를 당신에게 향하도록 만드셨나이다.'

즉, 인간은 자신에게 신이 필요하다는 사실을 깨닫는 순간, 자신을 가장 잘 아는 데 필요한 개념적 도구를 얻게 된다. 아우구스티누스는 인간이 자신을 알아가는 데 걸림돌이 되는 요소가 바로 자아의 중심에 있다고 생각했다. '인간에게는 자신의 내부에 숨어있는, 인간의 영혼이 알지 못하는 무엇인가가 존재한다.'

그의 말에 따르면, 인간은 진정한 자아를 알지 못하기 때문에 자신의 욕구와 관심에 대한 자기기만 속에서 끊임없이 방황하며, 오직 신만이 이러한 사기기반의 늪에서 인간을 건져낼 수 있다.

인간이 지성을 통해 자신의 한계와 신에게 도전했던 계몽주의 시대에는 인간의 존재를 형이상학적인 난해한 것으로 해석하는 일체의 사상에 대하여 반론이 제기되었다. 당시 자기성찰을 촉구하는 다양한 사상들이 쏟아져 나왔는데, 이 사상들은 여전히 '너 자신을 알라.' 는 명령을 따르면서도 언젠가는 인간의 분명한 자아를 확인할 수 있으리라는 희망이 바탕에 깔려 있었다. 일례로 데카르트Descartes는 "나는 생각한다. 고로, 나는 존재한다."라고 말하면서 인간다운 삶을 규정하는 다른 모든 것들을 의심했다.

반면 다른 철학자들에 따르면 자신을 아는 것은 단지 행복한 삶을 위한 수단에 불과하다. 공리주의자들이 말한 것처럼 쾌락은 우리를 기쁘게 하고 고통은 우리를 아프게 한다. 그러므로 우리는 복잡한 내적 사색으로 고민할 것 없이 그저 행복을 추구하기만 하면 된다. 데이비드 흄 또한 이렇게 말했다. "나 자신의 열정과 취향에 따라 행동하도록 나를 내버려 둬라. 자연의 명령을 찾아야 하는 곳은 당신의 천박한 설교가 아니라 내 열정과 취향이다."

워즈워스 역시 자신의 창조적인 상상력을 통해 자연에서 자아를 되찾았다고 말했다. "내 눈에 보이는 모든 것들이 내적 의미를 뿜어내고 있었다."

사르트르Sartre 또한 인간이 자아의 중심에서 무지를 발견한다면, 이는 그 대상이 아직 알려지지 않은 신비한 것이기 때문이 아니라 자아의 중심에 아무것도 존재하지 않기 때문이라고 말했다. "무(無)존재는 존재를 늘 따라다닌다."

인간은 처음에는 아무것도 없는 공허한 상태에 대해 고립

감 또는 위협을 느낄지도 모른다. 그러나 이러한 상태는 곧 새로운 기회이기도 하다. 아무것도 존재하지 않는다면, 인간다운 삶을 본질적으로 규정하는 것 또한 존재하지 않는다. 따라서 인간은 원하는 것이면 무엇이나 다 할 수 있는 엄청난 자유를 얻게 되는 셈이다. 이 자유가 한편으로는 두려운 것인데도 말이다. 사르트르는 다음과 같이 덧붙였다. "나는 자유를 선고받았다."

진정한 소크라테스 식 사상으로 불릴 만한 것은 프로이트 이후에야 나타났다. 소크라테스는 인간의 조건이 인간의 불확실성과 불안정한 자아인식을 낳는 근원이라고 생각했다. 또한 프로이트는 인간의 무의식이 불안감을 기반으로 환상과 노이로제를 만들어내는 곳이라고 생각했다. '대화 치료'는 고대 철학자들이 배웠던 것처럼 실용적인 기술이다. 대화 치료과정에서 정신분석 전문가가 환자의 머릿속에서 일어나는 자유 연상들을 분석하는 목적은 혼란에 빠진 환자의 자아를 이해하기 위한 섯이다.

자유 연상은 인간의 자아에 존재하는 결함을 마치 거울처럼 비춰준다. 우리는 대화 치료를 통해 자아 속에서 오이디푸스와도 같은 자살 충동을 발견하는 순간, 당장 비명을 지르며 도망가고 싶어질지도 모른다.

손가락을 긁으며 머뭇거리기보다
전 세계를 파괴하는 쪽을 택하는 것이
이성에 어긋나지 않는다.

– 데이비드 흄David Hume

친구 두 사람과 바닷가로 여행을 떠난다
고 상상해보자. 한 사람은 오랫동안 가장 친하게 지내온 친구
이다. 나머지 한 사람은 최근에 새로 사귄 친구지만, 앞으로
도 오랫동안 사귈 만한 가치가 있어 보인다. 이 새로 사귄 친
구는 사업동반자로 그와 계속 친하게 지내면 당신에게 큰 이
익이 되기 때문이다.

점심식사 후 당신은 수영을 즐기기로 마음먹는다. 세 사람
모두 바닷물 속으로 뛰어들어 헤엄치기 시작하는데 갑자기
큰 재앙이 밀어닥친다. 친구 두 사람 다 근육에 심한 경련이
일어난 것이다. 두 사람은 고통스러워하며 헤엄을 조금씩 멈
추다가 바다 속으로 가라앉기 시작한다. 오직 한 사람만 구할
수 있다면, 당신은 누구를 택하겠는가?

이제 여러분은 사고(思考) 실험의 세계로 들어온 것이다.
이러한 상상은 우정에 대한 도덕적 의무를 고찰하는 데 사용
될 수 있다. 미래의 희망보다 과거에 함께 나누었던 추억을
소중하게 여겨야 힐까? 개인직인 열징을 실현하는 것보다 감
정적인 유대관계를 택해야 할까? 금전적 이익은? 새로운 우
정을 택하면 금전적 이익을 정말 얻을 수 있을까? 금전적 이
익을 위해서라면 오랜 친구를 무정하게 버려도 되는 것일까?

다른 경우를 상상해보자. 만삭의 여성이 치명적인 병에 걸
렸다. 아기를 포기하면 자신의 생명을 구할 수 있고, 자신의

생명을 포기하면 아기를 구할 수 있다. 어떻게 하는 것이 옳을까?

좀 더 어려운 문제를 생각해 볼까? 승객 300명이 탑승한 여객기가 300명이 거주하고 있는 고층 건물로 막 추락하려고 한다. 당신은 공중에서 이 여객기를 폭파해 버릴 것인가?

이와 같은 실험을 통해 윤리적 원칙에 접근하는 것은 사실 그다지 적절한 방법이 아니다. 이러한 실험은 진정한 윤리적 원칙을 이끌어낼 수 없기 때문이다. 상상 자체의 타당성은 별로 중요하지 않다. 상상을 통해 던져지는 질문은 우리가 무엇을 행해야 하는지에 대한 답을 얻는 데 별 도움이 되지 못할 것 같다.

생사를 오가는 위급상황에 대해 생각해 보자. 이러한 상황에서 중요한 것은 '무엇을 해야 하는가?'라는 윤리적인 문제가 아니다. 위급상황에서는 어느 누구도 윤리적인 문제를 따지지 않는다. 해변 근처에서 헤엄을 치고 있는데 친구 두 사람이 바닷물 속으로 가라앉고 있다면 나는 오랜 친구와 새로 사귄 친구 중 어느 쪽을 구할지 결정하지 않고 그저 순간적인 충동에 따라 행동할 것이다. 두 친구 중 어느 쪽을 구하든지, 그 이후의 내 삶에 영향을 끼치는 것은 내 행동에 대한 결정이 아니라 행동 자체이다. 위급한 상황에서는 당황한 나머지 아무것도 결정할 수 없기 때문이다. 현실 세계에서 비극적인 사건들은 아무도 예상하지 못한 순간에 일어나기 마련이다.

그러므로 인간의 생사를 판가름하는 것은 윤리가 아니라 행운이다.

그렇다면 1초를 다투는 상황이 아니라면 어떨까? 만약 앞에서 이야기한 여객기를 공중에서 폭파해야 하는지에 대해 결정할 시간이 있다고 생각해 보자. 그러나 이러한 생각은 어디까지나 사고 실험일 뿐이라는 것을 다시 한 번 유념해 주기 바란다. 사실 여객기의 공중 폭파에 대한 '결정'은 병사가 폭탄을 발사하는 버튼을 누르는 순간보다 훨씬 오래 전에 내려졌다고 볼 수 있다. 이미 상관이 여객기를 공중에서 폭파하라고 명령했을 뿐 아니라 이러한 문제를 담당하는 정치가가 몇 달 전, 아니 몇 년 전부터 존재해 온 정책에 따르기로 결정했기 때문이다. 이러한 순간에는 도덕을 선택할 여지가 없다. 오직 명령만을 따라야 하기 때문이다.

임산부와 태아 중 어느 쪽을 구해야 하는지에 대한 문제도 마찬가지다. 이러한 상황에서는 당연히 임산부의 생명을 택해야 한다. 병원으로 찾아온 임산부를 먼저 구하는 것은 의사가 따라야 할 무언의 약속이기 때문이다. 의사는 그 상황을 끔찍하다고 여기면서 자신의 '결정'을 합리화할 것이다. 그러나 이성적으로 말하자면, 의사의 이러한 행동은 결정 불가능한 문제를 어떻게든 결정해 보려고 안간힘을 쓰는 것에 불과하다.

이번에는 다른 상황의 사고(思考) 실험을 해볼까? 당신은 휴식을 취하기 위해 자녀들에게 해로운 TV 프로그램을 보도록 허락할 것인가? 아니면 자녀들에게 건설적인 자극을 부여하기 위해 당신이 직접 자녀들과 놀아줄 것인가? 남성은 여성에게 문을 열어주고 여성이 먼저 지나가도록 해야 하는가? 남성은 여성을 위해 이러한 호의를 당연히 베풀어야 하는가? 사람들은 이처럼 일상생활의 사소한 문제들을 둘러싸고 논란을 거듭해 왔다. 일상생활에 관한 문제일수록 결정을 내리는 것은 더욱 까다롭다.

우선 남성이 여성에게 문을 열어 주는 것은 생사를 다투는 긴급한 문제가 아니므로 당사자가 즉시 이성적으로 결정하고 그 결정을 실행할 수 있을 것처럼 보인다. 하지만 가부장적인 사고를 가진 남성이라면 평소의 소신과 윤리적 의무감 사이에서 고민하느라 쉽게 결정을 내리지 못할 것이다. 이러한 남성은 여성에게 흔쾌히 문을 열어주지 않았다는 행위 자체가 아니라 우유부단한 성격 때문에 더 어리석어 보인다.

이 경우는 어떨까? 어느 지방 슈퍼마켓에서 물건을 사는 것이 개발도상국의 일자리를 창출하는 데 도움이 되지만 동시에 개발도상국 국민의 노동을 착취하는 것이라면, 당신은 그 슈퍼마켓에서 물건을 사겠는가?

만일 내가 식료품을 많이 사야 하는 상황이라면, 슈퍼마켓에서 물건을 사는 행위와 그에 따른 양면적인 결과에 대해 굳이 고민할 필요가 없다. 우리가 이 문제에 숨겨진 딜레마를 인식하면서 노동을 착취당하는 사람들에 대한 배려심을 잃지 않는다면, 그것으로 족한 것이 아닐까? 그러나 어느 날 내가 슈퍼마켓에서 물건 사는 일을 그만두게 된다면, 이는 불평등한 시장 구조와 나날이 커져가는 노동 착취현상의 심각성을 더 이상 모른 척할 수 없기 때문일 것이다. 그리고 이제 어디서 물건을 사야 할지 결정하는 과정에서 내가 왜 자본주의 체제의 타당성을 의심하게 되었는지, 다른 곳에서 물건을 사기로 한 나의 선택이 그저 죄책감을 달래기 위한 것은 아닌지를 고민하는 동안 도덕적인 문제에 부딪히게 될 것이다.

윤리는 이성적, 단편적인 결정으로 변하는 순간, 더 이상 윤리가 아니다. 한편 이성은 긴급한 상황에서는 아무런 도움이 되지 않는다. 데이비드 흄은 이를 빗대어 재치 있는 말을 남겼다. "손가락을 긁으며 머뭇거리기보다 전 세계를 파괴하는 쪽을 택하는 것이 이성에 어긋나지 않는다."

요컨대 윤리의 진정한 역할은 인생 전체를 아우르는 것이 되어야 한다. 올바른 삶에 대한 위대한 교훈이 담겨있지 않은 윤리는 아무런 의미가 없기 때문이다. 우리는 비인간적이고 무수한 계산에 따라 움직이는 자동인형이나 컴퓨터로 변하지 않는 한, 단지 이 세상을 살아가고 있다는 사실 자체만으로 만족해서는 안 된다. 윤리는 바로 삶 전체이며, 윤리적으로 생각하는 것은 삶의 방식이다.

세상이 변하기를 원한다면,
당신이 먼저 변해야 한다.

You must be the change you wish to see in the world.

– 간디Gandhi

이라크 전쟁의 공포와 그로 인해 비롯된 신보수주의는 사상가들이 위기 상황에서 정치적인 강령을 만드는 자들로 변한다는 섬뜩한 사실을 일깨워줬다. 아무리 위대한 이론일지라도 인류의 역사를 만드는 무수한 힘들을 다 헤아릴 수는 없다. 철학적 강령을 통해 그러한 힘들을 시행하려 드는 것은 어리석은 짓이다. 이는 철학적 강령을 세상에 맞게 만드는 것이 아니라 세상을 철학적 강령에 억지로 짜 맞추려 하는 것이기 때문이다.

플라톤은 시라큐스에서 자신의 철학사상을 실현하고자 했으나 폭군 디오니소스 2세를 길들이는 데 실패했고, 아리스토텔레스는 알렉산더 대왕의 자만심을 다스리는 데 거의 영향을 끼치지 못했다. 키케로는 위대한 철학자였으나 정치적인 능력이 실질적으로 부족하다는 결점을 감추려고 애썼고, 결국 로마 공화국은 키케로의 눈앞에서 파멸의 구렁텅이에 더 가까이 다가가게 되었다. 세네카는 네로 황제의 스승이었지만 제자의 횡포를 막을 수 없었다! 자신의 철학을 실현하는 데 성공한 사람이 있다면, 마르쿠스 이우렐리우스리고니 할까? 그러나 아우렐리우스 또한 『명상록』을 남긴 사람답지 않게 황제로서 종종 난폭한 만행을 저질렀다.

많은 고대 철학자들은 결코 정치에 참여하려 들지 않았다. 헤라클레이토스는 정치가들과 어울리기보다 자식들과 놀아

주는 것을 즐겼고, 에피쿠로스는 오직 행복한 삶을 살 수 있는 방법만을 궁리했다. 디오게네스Diogenes가 세계를 정복한 알렉산더 대왕이 몸소 방문하여 무엇을 원하느냐고 물었을 때, "햇빛을 가리지 말아 주십시오."라고 대답했다는 일화는 너무도 유명하다.

철학박사이기도 한 영국의 보수당 하원의원 올리버 레트윈은 철학의 정치적인 역할에 대해 논한 적이 있다. 그는 조심스럽지만 명확한 사고를 즐기는 철학자답게, 철학은 정치에서 단지 보조적인 역할을 수행할 뿐이라고 말했다.

철학적인 윤리는 정치에 사용되기도 한다. 우파주의자들은 보수주의 원칙을 옹호할 때 영국의 대표적인 보수주의 정치가 에드먼드 버크의 말 '좋은 질서는 모든 좋은 것들의 기반이다.'를 인용해 왔다. 그러나 버크는 이러한 말도 남겼다. "변화의 수단이 없는 국가는 국가를 보존할 수단을 갖지 못한 것이다."

부시 전(前) 미국 대통령과 블레어 전(前) 영국 총리가 중세 철학자 토마스 아퀴나스Thomas Aquinas의 정전론(正戰論)에 귀를 기울였다면, 끔찍한 이라크 전쟁을 피할 수 있었을지도 모른다. 정전론에 따르면 이라크 전쟁은 정당하지 못한 것으로 간주된다. 이 전쟁은 잔인한 수단을 사용하여 소기의 좋은 목적(그 좋은 목적이 사담 후세인을 죽이는 것이건, 대량 살상무기를 없애는 것이건, 민주주의를 전파하는 것이건, 이 세 가지 모두를 실현하는 것이건 간에)을 달성할 수 없었기 때문이다. 이제 와서 뒤늦게 한탄하는 것은 아니지만, 저 두 사람이 좋은 목적에 걸맞은 수단이란 어떤 것인지를 좀 더 진지하게 생각했더라면 이라크 전쟁의 비극을 막을 수도 있었을 것이다.

소크라테스는 원래 뛰어난 군인이었기 때문에 손을 피로 더럽히는 것을 두려워하지 않았지만, 후일 뛰어난 예지력을 지닌 철학가의 길을 택했다. 그는 당대 정치가들에게 환멸을 느끼고 그들을 비난했다. 소크라테스는 뭔가 이루어져야 한다고 생각하는 사람, 그리고 뭔가 이루기 위해 정계로 나가는 사람들을 보면 이렇게 묻곤 했다. "당신은 얻게 되면 장차 무슨 일을 할 것인지에 대해 아무 생각도 하지 않고 권력을 추구하는 것인가?"

오늘날의 정치가들은 치열한 선거 경쟁을 치르느라 나중에 정권을 획득할 경우 무슨 일을 할 것인지에 대해 궁리할 겨를조차 없다. 나는 정치가들로 구성된 어느 두뇌 집단의 운영을 돕다가 그 집단의 지도자들에게 공지생활이 윤리적 문제에 대한 논문을 작성해 달라고 부탁한 적이 있는데, 그들의 논문은 실망스럽기 짝이 없었다. 이 정치가들은 생각할 만한 시간이 없었던 것이다.

간디의 이야기로 돌아가 보자. 철학자 간디는 자주 금식하며 매우 검소하게 살았다. 또한 비폭력주의를 전파하고 국가 지도자를 만날 때에도 평소와 마찬가지로 간단한 옷차림으로 나갔다. 비꼬기 좋아하는 사람들은 간디의 이러한 행동이 단지 상대방의 호의를 사기 위해 정치적으로 계산된 술수에 불과하다고 말할지도 모른다. 그러나 간디의 행동은 변화를 원하는 모든 정치가들이 본받아야 할 철학 원리를 강조하는 것이었다.

그는 정치적인 목적을 추구하기 전에 자신의 생활방식부터 변화시켰으며 인도의 독립혁명 계획을 추진하기 전에 이를 자신의 삶 속에서 몸소 실천했다. 다른 정치 지도자들과 달리, 그는 자신에게 내재된 악덕을 스스로 다스렸다. 그의 정치는 영광 또는 특정 의도를 실현하기 위해 악덕을 조장하거나 선동하는 것이 아니라, 검소와 절제로 악덕을 다스리는 것이었다. 세상이 변하기를 원한다면, 당신이 먼저 변해야 한다.

진실을 말하되, 비스듬히 말하라.
성공은 우회적인 거짓 속에 존재한다.

Tell the truth but tell it slant. Success in circuit lies.

- 에밀리 디킨슨Emily Dickinson

새로운 변화를 성공으로 이끄는 실질적이고, 본질적인 비결은 무엇일까? 나는 우리가 책이라고 부르는 것이야말로 진정한 성공의 비결이라고 생각한다.

프로이트가 『꿈의 해석』을 통해 자신의 사상을 충분히 심사숙고할 기회를 얻지 못했다면 미친 사람으로 불렸을 것이다. 마르크스 역시 오늘날 여러분의 서가에 당당히 꽂혀있는 『자본론』을 쓰지 않았다면 단순한 저널리스트에 그쳤을지도 모른다. 칼릴 지브란Khalil Gibran과 로버트 퍼시그Robert M. Pirsig 역시 『예언자』와 『선(禪)과 오토바이 유지보수 기술』이란 저서를 쓰지 못했다면 오늘날의 명성을 얻지 못했을 것이다.

반면 이보다 더 큰 영향력으로 세상을 변화시킨 이데올로기 혁명의 주역 세 사람은 추종자들에게 영감을 불어넣는 글을 단 한 줄도 남기지 않았다. 왜 그랬을까?

부처로 알려진 싯다르타 고타마Siddhartha Gautama의 가르침에 관한 저서들은 사후(死後) 그의 제자들이 펴낸 것이다. 그가 보리수 그늘 밑에 앉아 심오한 명상 속에 잠겨 있다가 처음으로 열반을 경험했을 때, 그의 마음은 오로지 속세를 벗어나고픈 열망뿐이었을 것이다.

싯다르타가 자신의 깨달음을 다른 사람들과 나누어야겠다는 사명을 느낀 것은 어디까지나 최초의 열반을 경험하고 난 이후였고, 책을 쓸 생각은 더욱 없었다. 그는 열반의 정의가 무엇이냐는 질문을 받을 때마다 대답을 거절했다. 열반은 말로 설명될 수 없는 것이기 때문이었다. 영국의 비교종교학자 카렌 암스트롱Karen Armstrong은 이러한 불가능성을 다음과 같이 묘사했다.

부처는 열반이 초자연적인 현상은 아닐지라도 초월적인 상태라고 믿었다. 열반은 이러한 내면의 자각을 경험하지 못한 사람들의 능력을 초월한 것이기 때문이다. 열반은 그 어떤 말로도 설명할 수 없다. 언어는 자아가 완전히 배제된 인생을 상상할 수 없는 우리의 불행한 존재를 인식하는 감각적인 정보에서 비롯된 것이기 때문이다. 순전히 세속적인 용어로 표현하자면, 열반은 '아무것도 아닌 것'이었다. 열반은 우리가 인식할 수 있는 현실과 아무런 관계가 없기 때문이다.

부처의 위대한 사상은 말로 드러날 수 없으며 오직 삶 속에서만 나타난다. 소크라테스의 위대한 사상 또한 그가 노년기에 접어든 후에야 찾아온 것이다. 그는 훌륭한 아테네 시민으로 존경받으며 살아가던 어느 날, 델포이 신전의 계시를 받아 훌륭한 존재에서 위대한 존재로 거듭나게 되었다.

신은 소크라테스가 이 세상에서 가장 현명하다고 말했으나 소크라테스는 자신이 아무것도 모른다는 사실을 너무나도 잘 알고 있기 때문에 그 신탁이 틀린 것이라고 생각했다. 하지만 머지않아 그는 위대한 철학의 세계로 이끄는 혁명적 사상을 깨달았다. 지혜는 우리가 이해하고 있는 지식을 의미하는 것이 아니라 그 지식의 한계, 자신의 성격과 행동 즉, 인생을 이해하는 것임을.

부처가 자신의 깨달음을 글로 남기려 하지 않았던 이유도 이와 같다. 말은 우리를 혼란시켜 인생의 진정한 의미를 착각하게 만든다. 또한 어리석은 인간의 눈에 마치 구체적으로 표현될 수 없는 위대한 사상을 표현하는 수단으로 비쳐지기도 한다. 왜 그럴까?

독서는 대화를 나누는 것과 달리, 독자를 잘못된 방향으로 이끈다. 책은 독자로부터 나온 것이 아니라 독자에게 주입되기 위해 만들어진 것이다. 게다가 책은 너무나 친절하다. 여러분이 책을 한쪽으로 던져버렸다고 해서 책이 언제 불평한 적이 있었는가?

더 나쁜 것은 여러분이 소위 인생을 변화시키는 수양서를 읽고 그대로 따라하다 보면 스스로 자신을 변화시키는 힘을 잃어버릴 수도 있다는 것이다. 여러분이 책의 내용을 따르는 순간, 책은 잔인한 폭군으로 변한다. 여러분은 책의 힘에 얽매여 자신에게 아무런 영향을 끼치지 못하는 무기력한 존재가 되고 마는 것이다!

소크라테스의 제자 플라톤도 자신의 철학을 대화보다 책으로 남길 경우, 그 철학은 영혼이 없는 지성의 훈련을 위한 교리로 변질된다고 믿었다. 그가 대화편을 쓴 이유는 단지 다른 사람들이 원했기 때문이다. 이 대화편은 비록 글로 기록된 것이긴 하지만, 플라톤의 위대한 사상을 부분적으로나마 후세 사람들에게 전달하고 있다. 플라톤의 대화편에는 적어도 삶의 의미를 알아내고자 몸부림쳤던 사람들의 고뇌가 담겨있기 때문이다.

예수는 비록 모래 위에 남긴 낙서에 불과했지만, 자신의 사상을 글로 표현했다. 그러나 이 낙서는 바람결에 날려간 모래와 함께 사라져버렸다. 예수는 자신의 뒤를 이은 사도 바울과 달리, 글로 사람들을 가르치지 않았다. 그는 사람들과 함께 생활함으로써 가르침을 행했다.

그는 고향에서 안식일을 맞아 유대교 경전을 읽던 중, 신의 계시를 발견했다. 그리고 이 계시가 바로 자신을 통해 사람들의 앞에서 이루어졌다고 말함으로써 사람들을 놀라게 했다. 이처럼 혁명적인 사상, 즉 책이 아니라 예수 자신이 성서라는 사상은 기독교 신학의 중심을 이루게 되었다. 또한 그는 이렇게 말했다. "너희는 나로 말미암아 완전한 생명을 얻으리라."

그는 사람들에게 완전한 삶의 모습을 몸소 보여주기 위해 고난에 가득 찬 삶을 선택했다. 초기 기독교인들은 전도를 위해 사도 바울처럼 예수에 대한 체험을 글로 남겨야 했다.

부처와 소크라테스에 대한 저서와 마찬가지로, 우리는 그들이 예수에 대한 저서를 남겼다는 사실에 감사해야 한다. 그들이 없었다면 예수를 따른 수많은 사람들의 발자취는 조로아스터(조로아스터교의 창시자로, 정확한 기록이 남아 있지 않음-역주)처럼 신비한 베일에 싸인 채 영원히 사라져 버렸을 것이다.

그러나 부처는 위대한 사상은 말로 표현될 수 없다는 사실을 증명하기 위해 소수의 사람들만 이해할 수 있는 밀교(密敎)를 고집했고, 플라톤 또한 위대한 사상을 말로 표현하는 대신 오묘한 대화법을 고안했다.

이슬람교의 창시자 마호메트는 이보다 더 좋은 해결책을 고안했다. 그는 책이 반드시 필요한 것이라는 사실은 인정했으나 책은 단지 가장 아름다운 원어(原語)로 부르는 송가(頌歌)와도 같은 것이어야 한다는 교훈을 덧붙였다. 즉, 책의 내용을 문자 그대로 받아들여서는 안 되며 읽는 사람 스스로 그 속에서 위대한 사상을 끌어내야 한다는 것이다.

그러나 이러한 방법이 소용없는 경우도 있다. 우리는 연약한 인간이기에, 정말로 위대한 사상을 가졌다 할지라도 그 사상을 밝혀내기 위해 고민에 빠지기보다는 차라리 좀 더 다루기 쉬운 크기의 사상, 즉 책을 택하고 만다.

하지만 진실은, 위대한 사상이란 대개 글로 정확하게 설명될 수 없다는 것이다. 따라서 위대한 사상, 즉 성공을 거둔 사상은 결국 우회적인 거짓말로 표현된 셈이다. 그러나 위대한

사상은 글과 더불어 살 수 없는 것과 마찬가지로, 글 없이는
살 수 없다.

군중 : 우리는 모두 개인이다!
군중 속의 개인 : 난 아니야!

Yes, we are all individuals! : I'm not!

- 몬티 파이튼Monty Python의
〈브라이언의 삶Life of Brian〉중에서

        1985년 영국의 모델이자 음악가인 닉
케이먼Nick Kamen은 TV 광고에서 모래세척 가공법으로 제작된
청바지를 벗고 탄탄한 몸매와 하얀 사각 팬티를 드러냄으로
써 시청자들을 열광시켰다. 이 광고는 온 세상을 변화시켰다.
케이먼이 1950년대 셀프서비스 세탁소에서 소울 음악에 맞
춰 청바지를 벗는 섹시한 장면은 리바이스 청바지의 신제품
광고에서 단연 압권으로 손꼽혔다. 이 광고 덕분에 리바이스
는 모든 의류회사들이 부러워 마지않는 최고의 브랜드로 우
뚝 서게 되었다. 리바이스 청바지는 대중 시장의 필수 아이템
인 동시에 소비자의 개성을 상징한다는 점에서 하나의 멋진
조화를 이룬 것으로 볼 수 있다.

　　그러나 조화는 모순을 뜻하기도 한다. 수많은 사람들이 똑
같이 입는 청바지 한 벌이 어떻게 단 한 사람의 독특한 개성
을 상징할 수 있단 말인가? 케이먼의 광고는 광고계의 영원
한 목표, 즉 제품의 '개성'을 드러내는 데 크게 성공했다.

　　광고주들은 시청자들에게 그 제품이 마치 자신만을 위해
만들어진 것처럼 느껴지도록 만드는 인상적인 광고를 추구한
다. 그 대표적인 예가 1985년 이후 소비자들 사이에 빠른 속
도로 퍼져나간 일대일 선전방식이다. 일명 '바이러스 마케팅
(기업이 신기하고 재미있는 애니메이션에 특정 제품의 광고를 삽입하여
웹 사이트에 게재하면, 네티즌들이 그 애니메이션을 다른 사람들에게 이

메일로 보냄으로써 광고가 전달되도록 하는 마케팅 기법-역주)'이 그 것이다. 어린이들이 좋아하는 치즈 제조회사로 유명한 크래프트 사(社)는 바이러스 마케팅의 등장으로 큰 성공을 거두었다.

크래프트 사(社)가 '한 끼 점심식사로 충분한' 이 치즈를 마케팅한 방법에는 문제가 있었다. 마케팅을 목적으로 14세 이하 어린이의 개인정보를 사용하는 것은 불법이기 때문이다. 기업은 주요 고객 다수의 이름, 주소, 기타 참고사항에 대한 정보를 마음대로 살 수 없다. 그러나 크래프트 사(社)는 역시 바이러스 마케팅을 이용하여 이 난관을 모면했다. 관련 브랜드로 포켓몬(비디오 게임 및 만화에 등장하는 인기 캐릭터-역주) 전자엽서 시리즈를 개발하여 광고 내용이 어린이들의 이메일을 통해 전달되도록 한 것이다. 이 전자엽서는 곧 대성공을 거두었다.

바이러스 마케팅은 이제 '버즈 마케팅'의 형태로 발전했다. 버즈 마케팅은 소위 '입소문'을 이용한 광고 방식으로, 기존 인맥을 활용하여 다른 사람들에게 제품을 선전하도록 유도한다. 이를 통해 사람들은 대중 시장에서 생산된 제품을 마치 자신만을 위해 만들어진 제품처럼 착각하게 된다. 예컨대 디자이너가 특별 제작한 운동화를 판매하기 전에 10대 청소년에게 미리 제공하여 제품에 대한 입소문이 퍼지도록 만드는 것이다.

이러한 광고 전략은 윤리적으로 치열한 논쟁을 불러일으

키기도 한다. 지지자들은 이러한 광고 전략이 어차피 해당 제품에 관심을 가진 사람들의 손에 좌우되므로 단지 고객의 선택에 부응하는 것뿐이라고 말한다. 한편, 반대자들은 이러한 전략이 교활한 속임수이며 우정을 남용하는 것이라고 주장한다. 이 찬반 논란의 쟁점은 닉 케이먼의 광고를 통해 너무나도 아름답게 표현된 시장력의 본질적인 성격과 관련되어 있다. 즉 시장력이 우리가 소비자로서 제품을 선택하는 데 있어 개인적인 의사를 충분히 반영할 수 있게 하는 것인지, 아니면 우리를 군중 심리에 따라 움직이도록 유혹해 개성을 파괴하는 것인지에 대한 여부이다. 이 문제에 대한 의견이 양쪽으로 갈라지는 것은 해리 포터 시리즈를 읽는 이유가 모든 사람들이 그 책을 다 읽고 있기 때문인지, 아니면 다른 이유 때문인지에 대하여 찬반 논쟁이 일어나는 것과 같다.

169

이번에는 자본주의에 대하여 생각해 보자. 어떤 사람들은 자본주의가 선택의 기회를 증가시켜 인간의 개성을 풍요롭게 가꾸어 준다고 생각한다. 또한 이들은 현대 경제체제의 장점이 인간의 내적인 독창성을 부(富)의 창조 기반으로 변환시키는 데 있다고 주장한다. 따라서 훌륭한 사상은 모두 사업 기회로 변하여 수용력이 풍부한 고객을 끌어들이는 잠재력을 가진 셈이다. 기업은 그 덕택에 성공을 거두어 행복을 얻는다.

한편, 소비자는 독창적인 아이디어를 얻어 자신의 생활양식과 자의식을 형성하는 데 활용할 수 있다는 점에서 행복하다. 게다가 이론적으로 볼 때 자본주의는 만인의 부를 증가시키므로 모든 사람들은 자본주의를 통해 얻은 돈과 시간을 활용하여 개성을 가꿀 수 있다. 이러한 관점에서 본다면, 〈브라이언의 삶〉에서 군중이 외친 "그렇습니다, 우리는 모두 개인입니다!"는 옳은 말이다.

그러나 어떤 사람들은 이 작품에서 "저는 아닙니다!"라고 반박하는 고독한 개인처럼 자본주의에 즉시 반기를 들 수도 있다. 모든 사람이 다 똑같은 청바지를 입고, 똑같은 치즈를 먹으며 똑같은 운동화나 똑같은 휴일에 열광한다면 이는 군중 행위임에 틀림없다.

노르웨이 철학자 라스 스벤젠Lars Svendsen이 『패션의 철학』에서 말한 바와 같이, 패션은 본질적으로 비개인적이기 때문에 우리가 추구하는 개인적인 의미를 제공할 수 없다. 그러나 패션은 새로운 숭배의 대상을 끊임없이 만들어내 이 사실을 교묘하게 은폐한다. 패션 제품은 구식에 가까워지는 순간, 거추장스러운 것으로 변해버려 개인에게 또 새로운 물건을 찾아 나서도록 강요한다. 패션은 개인에게 새로운 것이 무엇인지를 끊임없이 생각하게 만들어 교활한 상술을 늘려나가는 것이다.

전통과 생활양식의 차이점은 무엇일까? 이 문제에 대한 논쟁은 아마도 영원히 끝나지 않을 것이다. 인간은 남을 모방하는 존재이기에 모방 행위는 전통으로 불리게 되었으며 우리는 이제 그것을 생활양식이라고 부른다. 그러나 이는 옳지 않다. 전통과 생활양식은 엄연히 다르다. 생활양식은 선택되는 것이며 소비시장의 막강한 영향력으로 인해 다른 생활양식으로 얼마든지 바뀔 수 있다. 반면, 전통은 쉽게 바뀌지 않을뿐더러 선택되는 것이 아니라 물려받는 것이다.

많은 사람들은 개인의 선택이 허용된다는 점에서 생활양식을 선호할지도 모른다. 그러나 중요한 것은 '선택의 대상이 무엇인가?' 라는 문제이다. 사실 생활양식이 선택하는 것은 대중 시장의 제품이며 이 선택의 대상은 수시로 바뀐다. 더 나쁜 것은 생활양식의 선택이 아무런 의미가 없다는 사실이다. 우리는 전통을 이루는 것에 대해서는 애착을 갖지만 생활양식에 애착을 가질 필요는 없기 때문이다. 생활양식은 선택될 때와 마찬가지로 쉽게 버려진다.

대중 시장에서 생산된 개성은 자칫하면 위험한 결과를 초래할 우려가 있다. 어느 날 식당 문을 열고 들어간 순간, 모든 사람들이 여러분과 똑같은 옷을 입고 있다고 상상해 보라. 이쯤 되면 생활양식은 더 이상 취향의 문제가 아니다. 극단적으로 말하자면, '어떻게 살아야 하는가?' 라는 심오한 문제를 탐구하는 윤리가 '무엇을 입어야 하는가?' 라는 사소한 선택, 즉 취향의 문제로 바뀔 수도 있다.

Let's go to work.
Freedom and salvery are mental states.
Money can't buy you happiness but it does buy a more
pleasant form of misery.
You must want nothing if you wish to challenge Jupiter,
who himself wants nothing.
The soul is the prison of the body.

Let's go to work.
Freedom and salvery are mental states.
Money can't buy you happiness but it does buy a more
pleasant form of misery.
You must want nothing if you wish to challenge Jupiter,
who himself wants nothing.
The soul is the prison of the body.

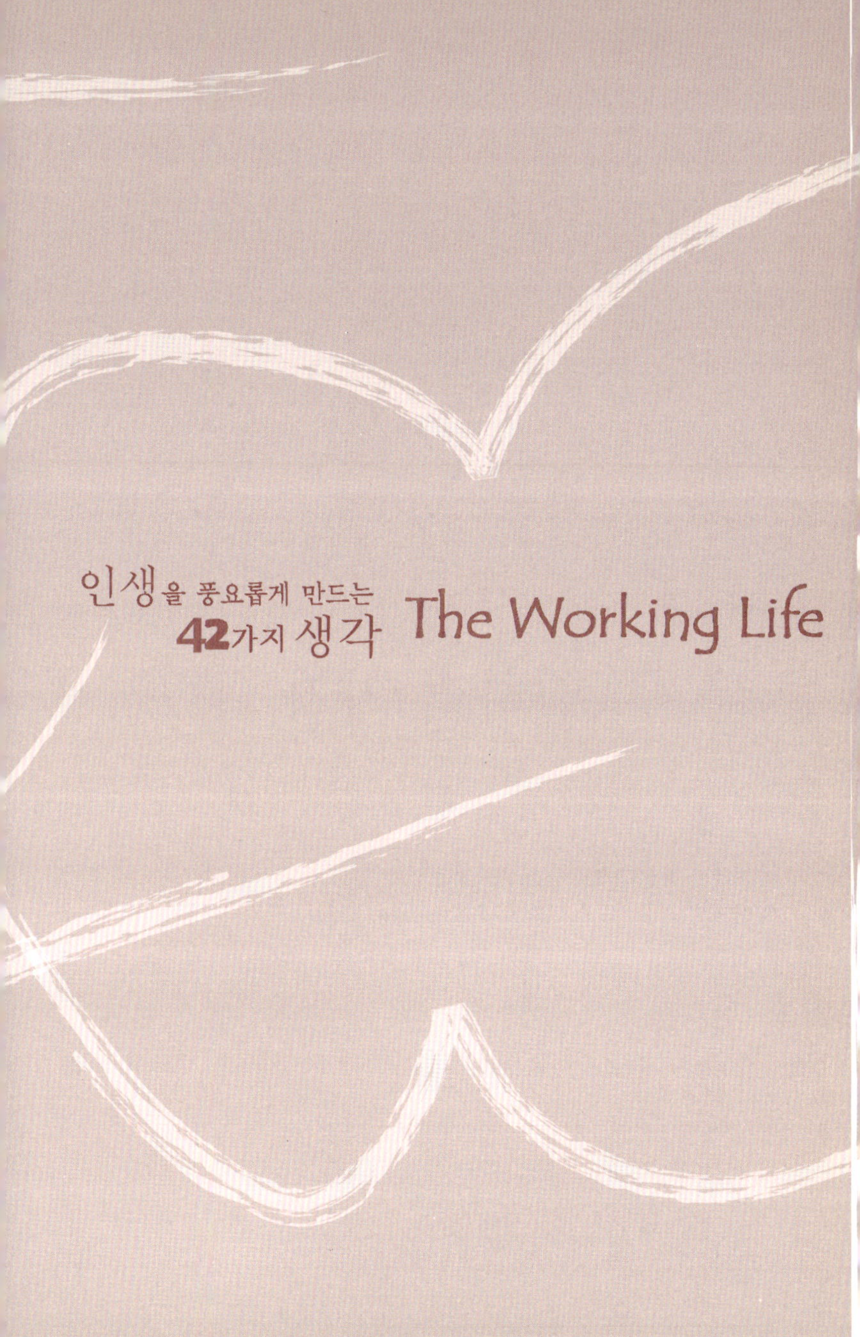

인생을 풍요롭게 만드는
42가지 생각
The Working Life

일하러 가자.

Let's go to work.

- 쿠엔틴 타란티노Quentin Tarantino의
영화 〈저수지의 개들〉 중에서

　　사람들은 왜 일하는 것일까? 아마 대부분의 사람들은 너무나도 쉽고 간단하게 "돈 때문에"라고 대답할 것이다. 하지만 금전적인 보상이 일을 하는 목적의 전부는 아니다. 일은 돈을 모으는 것 이상의 의미를 갖고 있다. 즉 일 자체에서 새로운 의미가 계속 생겨나는 것이다. 우리는 노동의 의미를 진지하게 생각해 볼 필요가 있다.

　　정신 분석학자 슬라보예 지젝의 이론에 따르면 노동은 청소와 같다. 인간은 끊임없이 밀려드는 인생의 고민거리들을 깨끗이 정리하려는 욕구를 가지고 있으며, 노동은 이러한 욕구를 무의식적으로 충족시켜 주기 때문에 너무나도 유쾌한 것이다.

　　이는 마치 황무지가 농부의 쟁기질을 통해 고르게 정돈된 밭으로 변하는 것과 같다. 서류철을 사용하면 아무리 복잡한 서류라도 체계적으로 정리할 수 있지만, 인생은 이보다 훨씬 더 복잡하므로 간단하게 정리될 수 없는 경우가 더 많다. 인간은 노동을 통해 삶을 꾸려나가면서 이렇게 복잡한 인생이 정리되는 듯한 만족감을 느낀다.

　　한편 빅토리아 시대의 수필가 토마스 칼라일은 노동이 단순한 생계 수단이 되어서는 안 된다고 주장했다. 노동은 인간에게 굴욕감이 아니라 자아 정체성과 목적의식을 느끼게 하고 사회적 도덕적 가치관을 형성해 주어야 한다는 것이다. 노동은 곧 삶의 목적을 찾는 것이다.

　일을 찾은 사람은 축복받은 자이며, 인간에게 그 이상의 축복은 없다. 일은 곧 삶의 목적이며 일을 하는 것은 곧 삶의 목적을 따르는 것이다! … 노동은 인생이다. 신이 주는 힘은 노동자의 마음 깊은 곳에서 나온다. 이러한 힘은 바로 전지전능한 신이 노동자에게 불어넣어 준 신성하고 거룩한 삶의 정수이다. 노동이 적절하게 시작되는 순간, 노동자는 깊은 잠에서 깨어나 모든 고귀함, 모든 지식, 자기 인식 그리고 더 많은 것들을 깨닫게 된다.

　어떤 사람들의 주장에 따르면, 노동은 인간이 삶을 통해 소유한 것의 가치를 증명해 주는 척도이다. 고대 그리스 사람들은 식량, 건물, 신발, 옷, 의료품 등 물질을 생산하는 노동을 천박한 것으로 여겼다.

　아리스토텔레스는 『정치학』에서 다음과 같이 주장했다. '시민은 장인(匠人)이나 상인의 삶을 살아서는 안 된다. 그러한 삶은 고귀함을 해친다. 또한 농부가 되어서도 안 된다. 고귀함을 높이고 정치적 의무를 수행하려면 여가 시간이 필요하기 때문이다.'

　그의 말이 옳다. 매일 얼마나 많은 사람들이 하루가 끝날 무렵이면 고된 노동에 지쳐 녹초가 되어 버리는가? 금요일

밤마다 얼마나 많은 사람들이 잠시라도 고역에서 벗어나기 위해 술집에서 급여를 날려버리는가? 그들에게 노동은 그저 불행이나 지루함을 잠시 잊게 해주는 임시방편일 뿐, 별 의미가 없다.

교양 있는 여가생활에 대한 고대 그리스인들의 귀족적인 이상은 16세기에 접어들면서 점차 희미해지기 시작했다. 루터Luther와 같은 개혁가들은 게으른 삶을 사악한 것으로 간주했다. 영국의 가수 모리세이Morrisey의 가사, '악마는 게으른 자에게 일을 찾아줌으로써 도둑질과 거짓말을 하도록 만든다.'는 지금까지도 속담처럼 널리 사용되고 있다. 신교도들의 노동 윤리는 노동이 인격을 향상시키고 사회에 공헌한다는 주장을 통해 노동을 공공의 미덕으로 승화시켰다.

영국의 대표적인 계몽철학자 존 로크John Locke는 노동의 경제적 가치를 인정했다. 그는 노동은 이 세상을 쓸모 있는 것으로, 무가치한 것을 가치 있는 것으로 변화시켜 준다고 했다. 또한 노동자기 노동의 기치를 소유하는 주인이라고 주장했다. '노동과 생산물은 각각 노동자의 육체와 손을 통해 이루어진 것이므로 당연히 노동자의 것이다.'

노동은 곧 사회적인 지위를 획득하는 것이므로 일하지 않는 것은 사회적인 치욕으로 이어지는 반면, 노동을 통해 높은 보수를 받는 것은 사회적인 특권으로 이어진다.

노동의 의미가 무엇이건 간에, 개인적인 차원에서 노동이 지닌 문제점은 개인의 시간을 너무나 많이 빼앗아간다는 것이다. 인간은 필연적으로 노동에 얽매이게 되며 인간의 성격 또한 노동에 따라 좌우된다. 영국의 작가 아이리스 머독Iris Murdoch은 다음과 같이 말했다. "인간은 자신이 그린 자화상을 닮아가는 생물이다."

런던 속어 '금융상인(일반적으로 금융 업무를 종합적으로 수행하는 기관을 의미하나, 여기서는 오랜 세월 동안 금융 업무에 종사하다가 상업적 측면만을 중시하는 냉혹한 성격으로 변해버린 사람을 의미함-역주)'은 그저 우연히 생겨난 말이 아니다.

수도원 제도의 창시자로 유명한 성(聖) 베네딕트Benedict는 이러한 노동의 영향력을 잘 알고 있었다. 수도사들이 매일 몰두하는 일은 성경을 읽거나 기도문을 읊는 등 수도생활의 종교적인 측면뿐만 아니라 수도사 자신의 영적 형성에도 큰 영향을 끼쳤다. 즉 노동은 어떤 일을 하는 행위 이상을 의미하는 것으로, 인간의 성품은 자신이 종사하는 노동에 따라 성스러워지기도 하고 비천해지기도 한다.

성(聖) 베네딕트는 훌륭한 노동이란, 모름지기 인간의 품성, 육체, 영혼을 향상시키는 것이라고 주장했다. 흥미롭게도 그는 노동을 순종의 맹세와 같은 것으로 간주했다. 인간은 일하고 있을 때 사물 또는 다른 누군가에게 가장 순종적인 성향을 띠게 된다. 단, 순종은 자발적으로 우러나온 것이어야 한다. 예컨대 노동자를 착취하는 공장에서 일하는 것은 나쁜 노동으로, 인간을 비천한 노예로 타락시킨다. 반면 훌륭한 노동은 인간을 긍정적으로 향상시킨다.

성(聖) 베네딕트는 자신의 저서에 이런 말을 남겼다. '우리는 순종을 통해 신에게 갈 수 있다.' 이 말을 인간 세상의 현실에 적용시킨다면, 인간은 노동을 통해 자신에게 주어진 자유를 최대한 활용하는 셈이다.

우리는 각자 주어진 본분의 범위 내에서 어떤 일을 할 것인가, 누구에게 순종할 것인가를 지혜롭게 선택해야 한다. 이 선택은 노동에 대한 보수뿐 아니라 인격의 수준과 노동의 의미를 결정한다. 노래 가사에도 나와 있듯이, 이왕 일을 하려면 그저 유쾌하기만 한 일이 아니라 가치 있는 좋은 일을 해야 한다.

우리는 마음먹기에 따라
자유인이 될 수도,
노예가 될 수도 있다.

Freedom and salvery are mental states.

– 간디Gandhi

'자유'는 이 세상 어느 곳에서든 들을 수 있는 말이다. 정치가들은 큰 소리로 자유를 부르짖는다. 팝 스타들도 자유를 노래한다. 철학자들 또한 자유를 논한다. 그렇다면, 자유는 과연 무엇을 의미하는 것일까?

내가 최근에 발견한 자유의 정의를 세 가지로 요약하면 다음과 같다. 첫째, 현대 정치의 전통적인 이론에 따르면 자유는 선택이다. 인간은 선택권이 많아질수록 더 많은 자유를 누릴 수 있다. 이러한 정의의 장점은 개인에게 자유를 추구할 수 있는 권리를 일임했다는 것이다. 그러나 이 정의는 자유에 대한 선택 그 자체만을 궁극적인 목적으로 삼을 뿐, 그 이상의 문제는 고려하지 않는다는 단점을 갖고 있다.

둘째, 자유는 평등이다. 이 세상에 기회가 평등하게 주어질수록 모든 사람이 더 큰 자유를 함께 누리게 된다. 이 정의의 장점은 불평등으로 인해 자유를 박탈당하는 빈곤층과 소수 계층의 문제를 고려했다는 것이다. 그러나 한편으로는 자유를 물질적인 관점에서만 정의했다는 단점이 있다. 간디가 말했듯이, 자유는 물질적인 것 이상이다.

셋째, (처음에는 이상하게 들릴지도 모르지만) 자유는 복종이다. 이러한 정의의 장점은 소비자가 물건을 선택하는 것을 마치 자유인 양 미화하는 시장의 사탕발림에 속아 넘어가지 않는다는 것이다. 이 세상에서 인간은 누구나 좋건 싫건 간에 규칙에 복종해야 하며 이왕이면 최선의 규칙, 즉 보다 나은 삶을 목적으로 하는 규칙을 선택하여 따르는 것이 바람직하다. 그러나 이 정의는 복종하기에 바람직한 규칙을 어디서 찾을 수 있는지를 명확하게 설명하지 않았다는 단점이 있다.

나는 이 세 가지 정의 외에 하나를 덧붙이고 싶다. 자유를 명확하게 정의하기에는 좀 부족한 감이 있긴 하지만, 우리가 자유를 향해 바르게 걸어가고 있는지를 판단하게 해주는 기준 또한 자유의 정의에 해당한다. 이 기준은 바로 우정이다. 우정의 질이 높을수록, 즉 친구와 더불어 신의를 지키고 삶을 공유하면서 타인과 삶을 사랑할 때 우리의 삶은 진정 자유로워진다.

우리가 돈으로 살 수 있는 것은
행복이 아니라
호화롭게 포장된 고통이다.

Money can't buy you happiness but it
does buy a more pleasant form of misery.

– 스파이크 밀리건Spike Milligan

철학자들은 돈의 위험성을 누누이 경고해 왔다. 예수는 인간이 평생 돈의 노예를 면하지 못하는 모습을 보고 이렇게 말했다. "인간은 하나님과 재물을 함께 섬길 수 없다."

영국의 철학자 프란시스 베이컨Francis Bacon은 "돈은 거름과 같아서, 고루 흩뿌릴 때에만 가치가 있다."라고 말하며 돈이 세상을 얼마나 추악하게 만드는지 강조했다. 졸부들이 돈을 움켜쥐고 잔뜩 허세를 부리며 사치를 즐기는 동안, 빈부 격차로 인한 사회적 불안감은 나날이 커져간다.

영국의 극작가 조지 버나드 쇼George Bernard Shaw는 물질사회의 병폐를 이렇게 냉소적으로 묘사했다. "돈은 이 세상에서 가장 중요한 것이다. 개인적, 국가적인 도덕은 모두 돈을 기반으로 할 때 비로소 건전하고 성공적인 것으로 인정받게 된다."

이제 우리의 문제로 돌아와 보자. 영국의 시인 스파이크 밀리건Spike Milligan은 이렇게 말했다. "돈으로 친구를 살 수는 없지만, 훌륭한 적을 얻을 수는 있다." 그렇다면, 우정과 돈은 서로 어떤 관계에 있을까?

아리스토텔레스는 어느 음악가에 대해 이야기한 적이 있다. 이 사람은 부잣집 잔치에서 엄청난 돈을 받고 오랫동안 기타를 연주해 주기로 했다. 잔치를 열었던 부자는 그의 훌륭한 연주 솜씨에 반한 나머지, 약속한 것보다 더 오랫동안 연

주해 달라고 부탁했고 기타 연주자는 선의(善意)로 이 부탁을
받아들였다. 그 날 밤 그의 기타 연주는 마치 마법과도 같이
모든 손님들을 감동시켰고 음악가와 부잣집 주인 또한 우정
으로 맺어지는 듯했다.

　다음날 아침 음악가는 부자에게 기타 연주에 대한 보수를
요구했다. 그는 애초 약속했던 것보다 더 오랫동안 연주했기
때문에 당연히 더 많은 돈을 받아야 한다고 생각했다. 그는
기본적으로 돈을 벌기 위해 부자의 부탁을 들어준 것이었다.
그러나 부자의 생각은 전혀 달랐다. 그는 음악가가 단지 우정
때문에 더 오랫동안 연주해 준 것이라고 믿었으며 자신의 훌
륭한 연주 그 자체에 만족하리라고 생각했다.

　요컨대 음악가는 돈을, 부자는 순수한 기쁨을 원했던 것이
다. 두 사람 사이에 피어나기 시작했던 우정은 이러한 충돌로
인해 깨어지고 말았다. 돈은 두 사람의 사이를 가깝게 만들어
주기는커녕 더욱 멀어지게 만든 것이다.

　일상생활에서 상업적인 거래를 통해 우정을 맺게 될 경우,
그 우정의 범위는 상업적 거래관계와 명확하게 구분되어야
한다. 아리스토텔레스는 구두를 사는 행위를 통해 상업적 거
래와 우정의 한계를 설명했다. 우리는 구두를 살 때 그 가격
을 정확하게 알고 구두에 대해서만 돈을 지불하며, 이러한 행
위는 구두를 파는 사람과 맺을 수 있는 우정을 해치지 않는

범위 내에서 이루어져야 한다.

우리가 번화가에서 낯선 사람과 맺게 되는 우정의 가치는 결코 돈으로 측정할 수 없다. 돈은 단지 교환물의 가치를 측정하여 거래관계를 결정짓는 수단에 불과하다. 우리는 교환 대상의 가격을 정확하게 지불할 때, 상업적인 거래관계 외에도 우정을 맺을 수 있다.

그러나 교환 대상의 가치를 돈으로 정확하게 따질 수 없을 경우에는 문제가 발생한다. 고대 그리스 철학자 프로타고라스Protagoras는 자신의 가르침에 대한 보수를 요구했다. 그는 학생들이 자신의 가르침에 대해 느끼는 가치에 따라 보수를 받기 원했다. 소크라테스는 이를 '범주의 오류(서로 다른 범주에 속하는 것을 같은 범주에 속하는 것으로 일반화하는 행위-역주)'라고 불렀다. 지혜의 가치를 어떻게 금전으로 따질 수 있단 말인가? 따라서 소크라테스는 지혜를 가르치고도 금전적 보수를 받지 않았다.

돈이 우정을 해치는 것은 바로 이 때문이다. 우정의 가치는 결코 돈으로 따질 수 없다. 친구끼리 서로에 대한 봉사를 돈으로 보답 받고자 할 경우, 지금까지 쌓아왔던 우정은 흔들리기 시작한다. 이는 마치 회계사를 불러 우정의 가치를 돈으로 계산하라고 지시하는 것과 같다. 우정에 돈이 개입하는 순간, 우리는 친구의 우정에 더 이상 보답할 수 없게 되고 우정의 가치를 계산할 수도 없게 된다. 친구를 향한 관대한 마음씨에 값을 매기는 것은 금전적 가치뿐 아니라 이 세상의 모든 가치들을 돈으로 타락시키는 행위와 다를 바 없다.

이러한 경우에 대한 해결책은 더 관대한 보답을 통해 대차 관계를 청산하는 것이다. 그러나 아리스토텔레스의 이야기에 등장한 부자는 금전적으로 충분한 여유가 있었음에도 불구하고 그러한 보답을 베풀지 않았다. 잔치 다음 날, 그가 음악가에게 두 배로 많은 보수를 지불했다면 음악가 또한 그 보답으로 부자에게 관대한 우정을 선사했을 것이다. 관대한 마음을 통해 금전적으로 갚을 수 없는 마음의 빚을 공유한 사람들은 얼마든지 새로운 우정을 쌓아나갈 수 있기 때문이다. 아리스토텔레스는 이렇게 결론지었다. '진정한 친구는 우정을 저울질하지 않는다.'

주피터에게 맞서고 싶다면
아무것도 바라지 말아야 한다.
주피터 자신은
아무것도 바라지 않기 때문이다.

You must want nothing if you wish to challenge Jupiter,
who himself wants nothing.

– 세네카Seneca

소크라테스는 검소하게 살았던 것으로 유명하다. 사람들이 소크라테스를 생각할 때마다 가장 먼저 떠오르는 이미지가 있다면, 위대한 사상가의 존경스러운 모습보다는 거의 언제나 신발을 벗고 다니는 별난 모습이었다.

어느 날 그가 시장에 갔을 때의 일이다. 시장 노점마다 지중해를 건너온 온갖 상품들이 즐비하게 진열되어 있는 가운데 수많은 사람들이 분주하게 오가고 있었다. 장사꾼 한 사람이 그 사람들 속에서 소크라테스를 발견하고 문득 장난기가 발동하여 이렇게 소리쳤다. "뭐 사시려고요? 찾으시는 물건이 있으세요?" 물론 이 짓궂은 장사꾼은 소크라테스가 아무것도 살 마음이 없다는 사실을 잘 알고 있었다. 소크라테스는 그 장사꾼을 돌아봤다.

소크라테스는 자기가 갖지 못한 무엇인가를 열렬히 갈망했다. 이러한 갈망은 평생 소크라테스를 따라다녔으며 그의 생활방식에 중대한 영향을 끼쳤다. 소크라테스는 평생 무엇을 찾아 헤맸던 것일까? 그것은 바로 지혜였으며, 소크라테스는 지혜를 페르시아 다리우스왕의 황금보다 더 소중하게 여겼다.

플라톤의 대화편에 등장하는 인물들은 모두 소크라테스를 가까이 다가가기 어려운 사람으로 생각했다. 어떤 이들은 평범한 사람이 감히 따라갈 수 없는 소크라테스의 고매한 인격에 심한 거부감을 느낀 나머지, 실제로 소크라테스의 뺨을 때리기도 했다. 그들은 소크라테스와 자신의 모습을 비교할 때마다 불쾌감을 느꼈다. 자신은 지극히 평범한 것들을 추구하며 살아가는 부족한 존재인데 반해, 소크라테스는 오직 지혜라는 고귀한 것만을 추구했기 때문이다. 속 좁은 인간들은 한 술 더 떠 소크라테스에게 발길질까지 해댔다. 그러나 소크라테스는 너그럽게 그들을 용서하며 냉소 섞인 말로 이렇게 응수했다. "발길질은 나귀들이나 하는 짓이다."

그는 지혜를 갈망하는 자신의 생활태도가 다른 사람들을 불쾌하게 만든다는 것을 잘 알고 있었다. 또한 소크라테스는 인간이 모두 같은 운명을 타고 태어났기에 어느 누구도 신(神)처럼 아무것도 바라지 않고 살 수는 없다는 사실을 깨달았다.

소크라테스는 청교도와 같은 금욕주의자가 아니었으므로 잔치와 술을 즐겼다. 소문에 따르면 그는 밤새도록 술을 마셔도 취하지 않았다고 한다. 주위 사람들은 소크라테스의 이러한 모습을 보고 그저 신기할 따름이었다. 술에 취하지 않는 소크라테스의 모습은 다음과 같은 사실을 상징하는 것으로 볼 수 있다. 인생에서 도망치기 원하는 사람은 취하기 위해 술을 마신다. 그러나 지혜를 추구하는 사람은 인생에서 얻을 수 있는 모든 것들을 기꺼이 들이마신다.

이제 소크라테스에게 장난을 쳤던 장사꾼의 이야기로 돌

아가 보자. 다른 장사꾼들도 이 위대한 철학자가 과연 어떻게 대답할지 궁금해 하며 사방에서 모여들었을 것이다. 소크라테스가 장사꾼에게 호의적으로 응수할까? 아니면 건방진 장사꾼의 콧대를 보기 좋게 꺾어줄 것인가?

소크라테스는 노점으로 걸어가 앞에 놓여있는 물건들을 모두 움켜쥔 다음, 두 손을 활짝 펼치며 이렇게 소리쳤다. “맙소사! 내가 바라지 않는 물건들이 세상에 이렇게나 많다는 것을 어느 누가 감히 상상이나 했을까?”

영혼은 육체의 감옥이다.

The soul is the prison of the body.

– 미셸 푸코Michel Foucault

유리는 구부러지거나 깨지거나 휘어지
는 등 자유자재로 변신할 수 있으며, 콘크리트를 대신하여 현
대 건축물의 대표적인 소재로 손꼽힌다. 그러나 오늘날 유리
가 애용되는 정확한 이유를 아는 사람은 아무도 없다.

런던 램베스 브릿지 남단에는 팔러먼트 뷰Parliament View란
이름의 아파트가 있다. 이곳은 우디 알렌Woody Allen 감독의 영
화 〈매치 포인트〉에 등장한 신혼부부 두 쌍이 신혼살림을 차
렸던 곳이기도 하다. 팔러먼트 뷰는 유리로 만들어졌으나, 이
는 그다지 놀랄 만한 일도 아니다. 런던 중심가를 거닐다보면
다리 주위에 유리 건물들이 빽빽하게 들어선 모습을 쉽게 볼
수 있다. 유리 건물의 벽은 투명하여 내부가 훤히 들여다보이
므로 지나가는 사람들이 마음만 먹으면 집 안에 있는 사람들
의 모습을 직접 볼 수 있다. 아파트 전체가 온 세상을 향해 활
짝 열린 극장 무대처럼 보인다고나 할까?

사생활이 이토록 적나라하게 노출된 곳이 있다는 사실을
처음 알게 되었을 때 나는 깜짝 놀라고 말았다. 밝은 불빛 아
래 유리가 반짝이는 모습은 매혹적이긴 하지만, 정작 유리로
된 집을 구입하는 당사자들은 자신의 사생활을 보호하기 위
해 얼른 창 가리개를 설치할 것이다. 유리로 된 집에서 사는
것은 속이 훤히 들여다보이는 어항 속이나 24시간 감시 카메
라 밑에서 사는 것과 다를 바 없다.

그렇다면, 사람들은 왜 굳이 이런 집에서 사는 것일까? 내

생각으로는 그들이 마치 패션쇼 무대 위에 선 모델처럼 화려한 도시생활의 모습을 남에게 과시하고 싶어 하기 때문인 것 같다. 내 눈에는 좀 이상하게 보이지만, 저 사람들은 남의 이목을 끌수록 더 깊은 자기만족과 삶의 의미를 찾게 되는 듯하다.

18세기의 위대한 공리주의 철학자 제레미 벤담은 매우 특이한 감옥 설계도를 만들었다. 이 감옥은 원형 건물로, 수많은 감방들이 건물 내부를 둥글게 에워싸고 있다. 건물 깊숙한 곳까지 감방으로 가득 찼으며 감방 안팎으로 창문이 하나씩 달려 있어 죄수의 모습이 훤히 들여다보인다. 감방들로 둘러싸인 공간은 텅 비었고, 그 한가운데에는 탑이 하나 서 있다. 탑 안에는 감시자 한 사람이 앉아서 훤히 보이는 죄수의 일거수일투족을 지켜본다. 벤담은 이 건물을 원형 교도소라 불렀다.

벤담의 설계도에서 가장 중요한 특징은 감시자의 모습이 전혀 보이지 않는다는 점이다. 감시탑에는 베니스식 블라인드가 쳐져 있다. 또한 탑 위로 올라가는 계단과 복도는 간수들이 죄수를 찾아갈 때 나는 소음이 탑 안까지 들려오는 것을 방지하기 위해 미로처럼 복잡하게 설계되었다. 따라서 감시자는 죄수를 항상 감시할 수 있지만, 죄수들은 그러한 사실을 전혀 모른다.

원형 교도소의 목적은 죄수가 형기를 채우는 동안 눈에 보이지 않는 감시를 내면화함으로써 자신을 스스로 감시하는 습관을 갖도록 하는 데 있다. 죄수들은 이러한 자기 수양과 자기 감시를 통해 갱생의 길을 얻고 새로운 목적의식을 갖게 되는 것이다.

벤담은 자신이 설계한 원형 교도소를 몇 군데 세우는 데 성공하긴 했지만, 이미 거의 전 재산을 날려버린 후였다. 또한 20세기에 들어서기 전까지는 어느 누구도 원형 교도소의 성과를 발견하지 못했다. 그러나 미셸 푸코는 설계자인 벤담조차 미처 예상하지 못했던 측면에서 이 교도소의 성과를 발견했다.

벤담의 원형 교도소는 우선 현대 형법체계를 개선하는 데 기여하여 간접적인 성공을 거두었다. 초기 형사제도에서는 주로 육체적인 형벌, 즉 체벌을 통해 범죄자를 교화하는 방법이 사용되었으나 벤담이 이 원형 교도소를 제안한 이후로는 점차 범죄자의 육체뿐 아니라 영혼까지 교화하는 감금형으로 대체되었기 때문이다.

제이크 아노트의 소설 『유령회사』에서 포악한 갱단 두목 해리는 교도소에 수감되어 있는 동안 푸코의 책을 읽는다. 해리는 형사제도의 변화와 그에 대한 경험을 친구에게 다음과 같이 설명했다.

죄수들은 감방에서 수련을 받는다네. 그들은 공부도 할 수 있고, 자기가 점점 멍청이로 변해간다는 사실을 감추기 위해서 안간힘을 쓰지. 그러나 감옥생활의 가장 큰 특징은 무엇보다 자유와 품위를 분별하는 섬세한 인격, 즉 영혼이 시간적, 공간적으로 끊임없이 훈련과 교육을 받게 된다는 점이라네. 인간의 육체와 영혼을 속속들이 해부하는 정치적 제도의 효과라고나 할까? 이러한 제도는 영혼을 포함하여 인간의 모든 것을 감방 안에 가두어 버리지. 그리하여 영혼은 결국 육체의 감옥이 되어 간다네.

해리는 범죄자에게 선고된 형벌보다 현대 형사제도가 더 가혹하다고 비난했다. 그의 비난이 잘못된 것일 수도 있지만, 어쨌든 푸코는 감방생활이 바깥세상에서의 생활과 다를 바 없다고 생각했다. 그의 주장에 따르면, 사회는 교도소 건물과 동일한 구조를 가지고 있으므로 한 눈에 모든 것을 알아볼 수 있다. 따라서 비단 감옥에 갇힌 사람뿐 아니라 일반 시민까지도 엄격한 사회 규범과 법적 구속으로 인해 항상 누군가의 감시를 받고 있는 듯한 기분으로 살아가게 된다는 것이다.

보이지 않는 감시자의 힘은 과학이 발달함에 따라 더욱 강해졌다. 19세기에 갑자기 등장한 일탈 이론(정상적인 행위와 비정상적인 행위에 대한 구분-역주)은 곧 인간의 행동을 판단하는 일반적인 기준으로 자리 잡았다. 당시 사람들은 일탈 이론에 따라 자신의 모습을 판단하게 되었다. 예컨대 정신 이상에 대한 책을 통해 자신의 정신 상태가 정상인지를 측정하고 동성애에 대한 책을 통해 자신이 동성애자인지, 이성애자인지를 판단했던 것이다. 그들은 심지어 옷, 예의범절, 식습관에 이르기까지 일상생활의 모든 측면들을 자아비판의 대상으로 삼으면서 자신이 일탈 기준을 지키며 살아가고 있는지를 끊임없이 자문했다.

아무리 강력한 치안기관이라 할지라도 올바른 행동이 무엇인지 규정할 수 없었다. 과학적 정치적 이론, 여론, 그리고 무엇보다도 개인 자신이 눈에 보이지 않는 감시자에게 모든 것을 한 눈에 판단할 수 있는 심판권을 맡겨 버렸다. 푸코는 이러한 상황을 다음과 같이 묘사했다.

무기, 물리적 폭력, 물질적 구속은 전혀 필요하지 않다. 인간은 각각 어디선가 자신의 모습을 관찰하는 시선을 느끼며 살아간다. 그리고 이러한 시선을 점차 내면화하여 스스로 자아를 감시하게 된다. 누구나 이런 식으로 자신을 감시하고 비판한다.

이 말은 런던 다리 주위에 서 있는 유리 아파트와 어떤 관계가 있을까? 푸코는 인간이 감시의 눈길을 참아낼 뿐 아니라 기꺼이 즐기려 하는 이유가 바로 계몽주의로 인한 공포 때문이라고 주장한다. 즉, 인간은 인간의 경험 대신 지성을 중시하는 계몽주의가 이성의 힘을 벗어날까봐 두려워한다는 것이다.

계몽주의에 따르면, 계몽주의를 통해 규명된 것은 인간이 이해할 수 있는 것이기 때문에 중요한 의미를 갖는다. 그러나 계몽주의를 통해 규명되지 못한 것은 이성적으로 분석할 수 없기 때문에 아무 의미가 없으며 인간에게 해롭다.

인간이 감시자의 존재를 수용하는 심리상태에는 이러한 이분법적 사상이 숨어있다. 인간의 의무는 '안전'이라는 미명 하에 자신의 모습과 주변세계를 감시하는 의무로 변질된다. 사람들이 대부분 감시사회를 행복한 곳으로 여기는 이유도 바로 그 때문이다. 감시 카메라는 이성(理性)을 상징하며 인간은 이러한 장치를 통해 안전함을 느낀다.

사방이 훤히 들여다보이는 유리 건물 안에 사는 것은 현대적이고 계몽적인 삶으로, 이성의 감시를 받기 때문에 중대한 의미를 갖는다. 팔러먼트 뷰에 사는 사람들은 이러한 삶을 즐기며 결코 자신이 어항 속에 산다고 생각하지 않는다. 그들은 오히려 매우 이상적인 장소에서 사는 것으로 생각한다.

Deep Thought on Life

The desire for friendship comes quickly.
Friendship does not.
A gift is something that you cannot be thankful for.
Our friend's electric!
Love is blind.

The desire for friendship comes quickly.
Friendship does not.
A gift is something that you cannot be thankful for.
Our friend's electric!
Love is blind.

인생을 풍요롭게 만드는
42가지 생각 The Social Life

우정에 대한 욕망은
쉽게 다가오지만, 우정은 그렇지 않다.

The desire for friendship comes quickly. Friendship does not.

– 아리스토텔레스Aristotle

우정을 가르칠 수 있을까? 아니, 우정을 가르쳐야 할까? 만일 우정을 가르쳐야 한다면, 그 이유는 다음과 같다.

첫째, 우정은 인간에게 인생의 그 무엇보다도 소중한 것이다. 아리스토텔레스는 우정이 없는 삶은 무의미하다고 말했다. 소위 인생 전문가라는 사람들에게 돈을 주고 인생을 배우는 것보다 자신의 힘으로 우정을 얻는 데 시간을 투자하는 것이 더 낫지 않을까?

둘째, 우정은 건강한 사회를 만든다. 플라톤은 건강한 사회를 만들기 위해서는 무엇보다도 우호적인 인간관계가 중요한데 이는 시민의 대립과 불화가 사회를 병들게 하기 때문이라고 말했다. 그의 주장에 따르면 우정은 위정자가 반드시 갖추어야 할 미덕으로, 이를 소홀히 할 경우 나라 안팎으로 반란과 전쟁이 끊이지 않는다고 했다.

셋째, 고대 그리스 및 로마 시대의 교훈서에 따르면 우정은 지혜를 샘솟게 하는 위대한 힘을 가지고 있다. 플라톤이 우정에 대해 기술한 대화편 「뤼시스」는 그의 학생들이 친교의 의미를 논할 때 모범 교본으로 사용되었다. 아리스토텔레스의 「니코마코스 윤리학」 또한 우정에 관한 교훈들을 담은 것이며, 고대 로마의 철학자 키케로Cicero는 후기 로마 공화국의 엘리트 집단에게 우정의 의미를 가르치기 위해 『라일리우스』를 저술했다.

오늘날에도 우정을 논한 책들은 끊임없이 쏟아져 나오고 있지만 그 내용은 단지 소설이나 영화의 실험적, 단편적인 소재로 사용될 뿐이다. 우리는 고대 작품 이외에서는 우정의 참다운 의미를 찾을 수 없는 것일까? 그렇다면, 고대 작품들에는 어떤 교훈이 담겨 있을까?

아리스토텔레스는 우정을 세 가지로 분류했다. 첫째는 실용성을 중시하는 우정으로, 공동의 목적을 달성하기 위한 것이다. 직장 동료 간의 우정이 바로 그 예이다. 우호적인 동료 관계는 사람들의 행복을 증진하는 데 기여할 수 있지만, 언젠가는 사라지고 만다. 동료 관계는 공동의 목적을 달성해 나가는 동안에만 지속되며, 그동안 형성된 친밀감 또한 공동의 목적이 달성되고 나면 곧 사라져 버린다. 따라서 아무리 오랫동안 친하게 지냈던 동료라 할지라도 어느 한쪽이 이직 또는 전직을 하고 나면 소원해지기 마련이다.

두 번째 우정은 쾌락을 중시하는 우정으로, 공동의 쾌락을 즐기기 위한 것이다. 이러한 우정은 두 사람이 똑같은 쾌락을 추구하며 똑같은 결점을 가지고 있다는 것을 의미한다. 아리스토텔레스의 말에 따르면, 이러한 우정은 흔히 10대 청소년에게서 찾아볼 수 있다. 청소년들이 추구하는 쾌락의 대상은 단 하루 만에도 수십 번씩 바뀌며 친구 또한 여러 번 바뀐다. 축구, 패션 등에 대한 쾌락을 통해 형성된 우정은 언제나 똑같은 결말을 맺는다. 즉, 쾌락이 사라지는 순간에 우정 또한 사라지는 것이다.

세 번째 우정은 앞에서 설명한 우정들과 확연히 구분되는 것으로, 최고의 우정이다. 아리스토텔레스는 이를 미덕 또는 탁월함의 우정이라 불렀다. 현대인들은 최고의 우정으로 맺어진 친구를 '영혼의 동반자' 또는 '절친'이라 부른다. 이러한 우정으로 맺어진 사람들은 일이나 쾌락처럼 외부적인 요소와 상관없이 상대방의 인격 자체를 사랑한다. 이러한 우정은 미덕, 탁월함 등 훌륭한 인격을 기반으로 맺어진 것이기 때문에 최고의 가치를 지니고 있을 뿐 아니라 가장 오래 지속된다.

아리스토텔레스는 이러한 원칙을 바탕으로 진정한 우정의 의미를 가르쳤다. 우정은 서로 동등한 위치에서 맺어져야 한다. 어느 한쪽이 더 부유할 경우에는 우정을 오래 이어갈 수 없다. 부유한 친구는 가난한 친구에게 물질적으로 더 많이 베풀어야 한다고 생각하며 가난한 친구는 부유한 친구에게 뭔가를 요구하고 싶은 욕구를 느끼게 되기 때문이다. 또한 아리스토텔레스는 "대화가 단절될수록 우정 또한 단절된다."고 주장하며 대화의 중요성을 강조했다.

진정한 우정이란 삶을 공유하는 것이며, 이는 굳이 한 지붕 아래 살지 않더라도 취미생활을 함께 하는 것을 의미한다. 이메일이나 전화로 그저 가끔씩 안부를 주고받는 친구는 언제든지 낯선 사이로 변할 수 있다. 동창회를 통해서만 가끔

만나는 친구는 학창시절에 대한 향수, 즉 일시적인 쾌락을 함께 나누는 상대일 뿐이다.

아리스토텔레스가 가르쳤던 우정의 가장 심오한 의미는 다소 추상적이다. 그의 말에 따르면 '친구는 또 다른 자신'이다. 이는 두 가지 의미로 해석될 수 있다. 첫째, 인간은 친구를 통해 자신의 모습을 발견하면서 서로를 알아가게 된다. 우정이라 부를 수 있는 사랑은 바로 이러한 관계를 기반으로 형성된다. 가족과 연인 간의 사랑은 각각 관심을 주고받기 원하는 욕구와 소유감을 공유하고 싶어 하는 욕구에서 비롯된다. 그러나 친구 간의 사랑은 상대방을 알고 상대방에게 자신을 알리기 원하는 욕구에서 비롯된 것이다.

두 번째 의미는 좀 더 심오한 것으로, 우정은 인간의 자아의식을 반영한다. '친구는 또 다른 자신'이라는 말은 고대 그리스 시인 소포클레스Sophocles의 비극에 등장하는 필록테테스를 염두에 둔 것일지도 모른다. 그리스 왕자 필록테테스는 불행하게도 발에 입은 상처에서 고약한 악취가 나는 바람에 사막의 외딴 섬에 버려져 10년 동안이나 혼자 살아야 했다. 그는 이 고통스러운 기간 동안 자신의 모습을 '살아있는 자들 중에 홀로 남겨진 시체'로 묘사했다. 이 말은 곧 현대사회의 모습을 직설적으로 표현한 것이기도 하다. 친구가 없다는 것은 마치 산송장처럼 슬프고 외로운 삶을 의미하지만, 현대사회에서는 자율성(위대하지만 인간을 외롭게 만드는 미덕)이 소위 인간의 필수 덕목처럼 되어 버렸다.

그러나 아리스토텔레스가 가르치고자 했던 덕목은 자율성의 개념에 상반되는 보다 심오한 것으로 인간은 오직 우정을 통해서만 자아를 찾을 수 있다는 것이었을 것이다. 어떤 이는 친구의 영광스러운 모습에 자신의 모습을 투영시킴으로써 큰 기쁨을 얻는다. 즉, 친구의 영광을 함께 기뻐할 뿐 아니라 자신 또한 그 영광의 주인공이 된 것처럼 자부심을 느끼게 되는 것이다.

아리스토텔레스는 우정의 결말에 대해서도 가르쳤다. 우정은 사람이 변하거나 악행을 저지를 때, 또는 더 나은 상태로 발전할 때 끝난다. 따라서 인간은 적절한 시기에 지혜롭게 우정을 끊을 줄도 알아야 한다. 한때 최고의 친구였던 사람이 최악의 적으로 변할 수도 있기 때문이다. 그러나 우정이 끊어진 후에도 우정 자체의 가치는 존중해야 한다. 좋은 친구는 인생이 주는 최고의 축복이기 때문이다. 니체는 깨어진 우정을 '별의 우정'이리고끼지 표현했디. 즉, 괴기의 우정은 이미 끝나버렸지만 별처럼 빛나는 것이기에 인간에게 기쁨을 선사한다는 것이다.

우리는 우정을 가르칠 수 있을까? 아니, 우정을 가르쳐야 할까? 그렇다. 우리 주위에는 우정에 대한 수많은 교훈들이 존재한다. 우리는 이 교훈을 통해 우정을 향상시킬 수 있으며, 최고의 우정이 무엇인지 인식하고 그 가치를 깨달아야 한다. 그러나 우정을 가르치는 것에는 한계가 있다. 자기 수양에 대한 책이 인간에게 행복을 보장할 수 없는 것과 마찬가지로, 우정에 대한 가르침이 반드시 인간에게 우정을 선사하는 것은 아니다.

플라톤은 우정에 대하여 결정적인 교훈을 남겼다. 지금까지 알려진 바에 따르면, 그는 우정을 직접적으로 가르치지는 않았지만 친구끼리 우정에 관하여 나누는 대화를 통해 우정의 의미를 해석했다. 그의 대화편에 등장하는 친구들은 한때 우정이 깨어질 위기에 처했지만 대화를 통해 이전보다 더욱 돈독한 우정을 쌓을 수 있었다. 그들은 대화를 통해 단순히 우정을 논하는 것이 아니라, 우정을 발전시켜 나간다.

플라톤은 이 대화를 소위 '열린 결말'로 끝맺고 있다. 즉, 그는 우정의 정의를 제시하지 않았으며 이를 판단하는 것은 오직 독자의 몫으로 남겨 놓았다. 우리가 플라톤의 대화편을 통해 분명하게 얻을 수 있는 교훈은 단 한 가지뿐이다. 우정의 조건과 복잡성은 가르침을 통해 배울 수 있지만, 우정은 오직 친구를 통해서만 발견하고 이해할 수 있다는 것이다.

자신이 원하지 않는 일을
남에게 하지 말라.

— 공자孔子

어느 날 저녁, 우리는 향기로운 와인을 마주하고 중대한 문제를 토론하게 되었다. '이 세상에 존재하는 수많은 종교들은 어떤 공통점을 가지고 있을까?'에 관한 것이었다.

한 친구가 일신교의 개념을 주장했다. 그는 물론 여러 신을 동시에 섬기는 종교도 있지만, 모든 종교는 결국 하나의 성스러운 원칙을 기반으로 하고 있다고 말했다. 그러나 누군가 심지어 불교 신자 중에도 유일신 또는 여러 신을 믿지 않는 사람이 있다는 반론을 제기하자, 이 주장은 설득력을 잃고 말았다.

두 번째로 제시된 공통점은 용서였다. 이교도들의 세계에서 인간은 과거에 지은 죄의 굴레로부터 결코 벗어날 수 없다. 로마인들은 동물의 창자를 파헤쳐 미래를 점치기도 했다. 그러나 기독교, 이슬람교, 유대교에서 인간은 용서를 통해 과거에서 벗어나 새로운 삶을 살 수 있다. 이 주장은 나름대로 일리가 있었지만 동양의 종교에서 말하는 업(業)이라는 반론에 부딪치고 말았다. 이 반론에 따르면, 용서란 것은 존재하지 않으며 인간은 과거의 업보에서 벗어날 수 없다.

세 번째 공통점은 소위 황금률이라 불리는 것으로, 상대방에 대한 동정심이다. 공자, 부처, 마하바라타(고대 인도의 신화를 담은 대서사시—역주)는 남을 측은하게 여기는 마음을 가져야 한다고 말했다. 알라신 또한 자비로운 모습으로 묘사되었으며 예수는 제자들에게 "네 이웃을 네 몸과 같이 사랑하라."고 말했다. 유대교 랍비 힐렐 또한 율법을 다음과 같이 요약했다. "자신이 싫어하는 일을 남에게 하지 말라."

이러한 원칙은 세속적인 철학사상에서도 찾아볼 수 있다. 칸트는 인간이 무조건 따라야 하는 도덕률(지상 명령)로 "만인이 타당하게 여기는 일을 행하라."고 주장했으며, 진화이론에서는 '호혜적 이타주의'라는 개념을 제시했다. 인간이 남에게 호의를 베푸는 것은 남이 훗날 자신에게 더 큰 호의를 베풀 것으로 기대하기 때문이며 이러한 행위는 사회에 적응하는 데 도움이 된다는 것이다. 현대사회에서는 동정심을 베푸는 행위가 계산적인 행위로 간주되기도 한다.

칸트의 사상에서 친구란 우리가 자신에게 호의를 베풀어주리라고 믿을 수 있는 사람이지만, 그렇게 믿는 것은 친구가 우리를 사랑하기 때문이 아니라 그 보답으로 우리 또한 친구에게 호의를 베풀 것이라고 믿기 때문이다. 친구가 그저 우리를 사랑하기 때문에 호의를 베풀 수도 있겠지만, 그 가능성은 매우 희박하다. 즉, 여기서 우정은 상대방이 아니라 자신을 배려하는 것이다. 이러한 관계를 과연 우정이라 부를 수 있을까?

어떤 사람들은 우정의 의미를 별로 대수롭지 않게 여길지도 모른다. 그들은 설령 계산적인 우정이라 할지라도 이로 인해 남에게 이용당하지 않는 범위 내에서 이익을 얻을 수만 있다면 아무 거리낌 없이 달갑게 받아들인다.

　이제 우정의 실체를 정면으로 직시해 보자. 우리가 진정한 동정심을 통해 얻을 수 있는 것은 과연 무엇인가? 반면 진정한 동정심이 이해타산적인 보상 심리로 변할 경우, 우리는 무엇을 잃게 되는가? 답은 '생존'이나 '도덕'이 아니라 바로 '행복'이다.

　동정심의 라틴어 어원은 '동질감'을 갖는 것을 의미한다. 즉 동정심은 다른 사람의 입장을 헤아리고 상대방이 친구인지 적인지를 따지지 않으며, 자신의 편견을 버리고 상대방의 모습 자체를 그대로 인정하는 것이다. 아이리스 머독의 말처럼 '사랑은 이 세상에 자신 외에 다른 것들도 존재한다는 어려운 사실을 깨닫는 것이다.'

　종교 지도자들은 감정 이입을 통해 또 다른 경험의 세계로 갈 수 있다는 점에서 동정심의 중요성을 강조했다. 동정심은 인간이 자아의 좁은 틀에서 벗어나 넓은 세상에 대한 새로운 지식을 얻게 해준다. 인간은 때때로 자신이 베푼 친절에 대해 보상을 받는 순간, 이러한 성취감을 느낀다. 우리는 다른 사람에게 호의를 베푸는 행위를 통해 만족감을 느끼고 '받는 것'보다 '주는 것'이 더 기쁜 일이라는 사실을 깨닫게 된다. 또한 남에게 호의를 베푼 사람은 외로움에서 해방되어 풍요로운 인간관계를 누릴 수 있다.

　또한 순수한 동정심이란 남에게 호의를 베푸는 행위뿐 아니라 상대방의 입장을 헤아리는 상태를 의미한다. 인간의 자아는 이러한 과정을 통해 이기심에서 해방되어 보다 대범한 존재로 성장하게 된다.

기차를 타고 교외 지역을 여행할 때 우리 눈앞에 펼쳐지는 광경을 상상해 보자. 기차가 덜커덕거리는 소리와 함께 차창 밖으로는 수많은 집들이 쏜살같이 스쳐 지나간다. 이 집들은 각각 다른 사람들이 사는 세계의 중심을 이룬다. 이처럼 서로 다른 세계의 중심을 이루는 수많은 사물들을 보노라면 내 마음은 어느 새 나 자신의 좁은 세계를 벗어나 새로운 세상으로 향한다. 이를테면 자아의 분산 과정이라고나 할까? 부처가 이기주의를 무지(無知)와 동일시했던 이유를 이제야 알 것 같다. 자기중심주의는 이 세상에 나와 다른 사람과 사물들이 존재한다는 사실을 모르기 때문에 생겨나는 것이다.

좀 더 유쾌한 상상을 해 보자. 여러분은 성공한 친구의 모습에 자신의 모습을 투영하여 기쁨을 맛볼 수 있다. 인간은 친구의 영광스러운 성공을 자랑스럽게 여기면서 이를 마치 자신의 일처럼 진심으로 기뻐할수록, 즉 타인 또는 다른 존재와 동질감을 느낄수록 소중한 인생의 경험을 쌓아나가게 된다. 따라서 다른 사람의 영광을 함께 누린다는 것은 동정심을 실천하는 것이다.

종교적 언어로 표현하자면, 가장 깊고 순수한 동정심은 자

신을 가장 가치 있는 존재, 다른 사람들, 그리고 신과 동일시
하는 것이다. 여러 위대한 종교에서 동정심을 궁극적인 가치
와 의미의 근원으로 간주하는 것은 동정심이 곧 자아의 초월
을 의미하기 때문이다.

생존의 문제에 연연하는 것은 인간으로서 극히 당연한 일
이다. 우리가 원하는 것이 단지 생존뿐이라면, 이를 위해서
남에게 '되갚기 전략'을 사용하는 것도 그리 나쁘지는 않다.
도덕성을 추구하는 것 또한 인간의 자연스러운 본성이기에
'만인이 타당하게 여기는 일을 행하라.'는 칸트의 지상 명령
을 따르는 것도 그리 나쁜 생존방식은 아니다. 그러나 동정심
으로 가득 찬 마음을 갖는 것은 성스러운 일이다.

선물은 받는 쪽에게 고마운 것이 아니다.

A gift is something that you cannot be thankful for.

– 자크 데리다Jacques Derrida

중국인들은 설이 가까워지면 아이들과 혼자 사는 사람들에게 '라이 씨 lai see'란 이름의 빨갛고 반짝거리는 돈 주머니를 선물한다. 1월에 중국을 방문한 사람들은 이 돈 주머니가 경건한 사원은 물론, 떠들썩한 스타벅스 커피 전문점 등 사방에서 반짝거리는 모습을 볼 수 있을 것이다.

사람들은 지폐 몇 장이 들어있는 돈 주머니로 설 인사를 대신한다. 어떤 사람들은 이 주머니를 보고 숨 막히는 경쟁과 상업주의가 판을 치는 오늘날의 각박한 사회에도 아직까지 소중한 전통이 남아 있다며 감격스러워할지도 모른다.

그러나 이 선물이 순수한 호의에서 우러나온 것만은 아니다. 중국의 빨간 주머니는 서양의 갈색 봉투와 같은 것으로 뇌물을 의미한다. 사람들은 선물을 준비한 사람의 호의뿐 아니라 선물 안에 들어 있는 현금의 액수도 중요하게 생각한다. 현금은 상서로운 액수인 8의 배수로 주로 준비하는데, 그 이유 중 하나는 이 선물이 교환, 즉 행운을 나누는 행위를 의미하기 때문이다. 따라서 선물을 받는 사람은 상대방에게 그만큼 보답해야 한다는 부담을 안게 된다.

현대 철학자들 중에는 선물이 실질적으로 아무런 의미가 없기 때문에 "선물은 전혀 놀랄 만한 것이 아니다."라고 주장하는 사람도 꽤 많을 것이다. 얼핏 보면 빨간 돈 주머니는 '내가 당신에게 라이 씨를 선물했으니, 당신이 고마워하는 것으로 족하다.'는 의미로 느껴진다. 그러나 이 주머니 안에는 '이제 당신은 나에게 감사의 빚을 졌으니, 그 빚을 갚아야 한다.'는 의미가 숨어 있다. 우리는 선물을 받아든 순간, 상대방에게 빚을 지는 셈이다.

한편, 선물을 주는 사람은 자신이 누군가에게 관대한 호의를 베풀었다는 자기만족을 누리게 된다. 따라서 우리는 선물을 주는 순간, 자기만족을 돌려받는 셈이다. 즉, 선물을 준 사람은 상대방으로부터 무엇인가를 받고 선물을 받은 사람은 상대방에게 무엇인가를 주는 것이다. 따라서 선물을 주는 것이 선물을 받는 것보다 훨씬 더 기쁜 일이다. 프랑스의 철학자 자크 데리다가 말한 것처럼, '선물은 받는 쪽에게 고마운 것이 아니다.'

우리는 일단 선물을 받고 나면, 무거운 부담감에서 벗어날 수 없다. 또한 저녁 초대를 받았을 때에도 상대방의 호의에 보답해야 한다는 의무감 때문에 마음이 편치 않다. 올해 크리스마스카드를 받으면 내년에 상대방에게 답장을 보내야 한다. 리이 씨를 받은 사람은 그 보답으로 역시 상대방에게 라이 씨를 주어야 한다.

그러나 선물에 대한 부담감을 최소한 완화시켜 주는 섭리가 있으니, 바로 우정의 섭리이다. 내가 여기서 말하는 우정이란, 외로움을 덜어주거나 고맙게도 아무 데서나 다양하게 발견할 수 있는 단순한 친밀감이 아니라 이상적인 우정을 의미한다. 이는 몽테뉴의 표현에 따르면 두 사람의 영혼이 하나로 합쳐지는 것이며, 미국의 시인 에머슨Emerson의 시를 읽다가 "어쩌면 이렇게 내 생각과 똑같을까?"하고 소리치는 것과 같다. 우리는 이상적인 우정을 피상적으로 느낄 뿐, 그 실체를 파악할 수는 없다.

소크라테스가 우정에 대한 플라톤의 대화편 「뤼시스」에서 내린 결론과 마찬가지로, '우리는 다른 사람들에게 바보처럼 보일지도 모른다. 왜냐하면 우리는 친구이면서도 우정이 무엇인지를 정확하게 말할 수 없기 때문이다.'

분석적인 낙관론자였던 아리스토텔레스도 우정을 정의하기 위해 노력했다. 우정이 '또 다른 자아'라는 그의 주장은 대단히 매력적이다. 아리스토텔레스는 두 사람이 동일한 쾌락을 추구하거나 동일한 관심사를 공유하는 것은 하찮은 우정으로, 이러한 우정은 어느 날 길에서 우연히 만난 낯선 사람과도 얼마든지 맺을 수 있는 것이라고 생각했다. 그러나 진정한 우정은 보다 역동적인 것으로, 친구가 나의 또 다른 자아라는 사실을 의미한다. 단순한 친구 사이에서는 언제나 '나'와 '너'가 분명하게 구분되지만 진정한 친구 사이에서는 언제나 서로가 동시에 존재하는 '우리 자신'으로 여겨지기 때문에 '나'와 '너'를 동일시한다. 진정한 우정으로 맺어진 두 사람은 서로 다르면서도 동시에 같은 존재인 것이다.

이상적인 우정이 윤리적으로 중요한 것은 바로 그 때문이다. 이상적인 우정은 자신과 상대방을 동시에 사랑하는 것이다. 아리스토텔레스는 이렇게 말했다. "인간은 친구를 사랑함으로써 자신에게 좋은 것을 사랑하게 된다. 좋은 사람은 누군가에게 친구가 됨으로써 상대방 친구에게 좋은 존재가 되기 때문이다."

이탈리아의 철학자 조르조 아감벤Giorgio Agamben은 우정의 의미를 한 단계 높은 곳으로 끌어올렸다. 아감벤의 말에 따르면, 친구가 또 다른 자아라는 아리스토텔레스의 주장은 우정이 내적 주관적인 경험 이상의 것임을 의미한다. 당시 아리스토텔레스는 잘 몰랐을 테지만, 인간이 자율성을 확립하지 않으면 우정이 형성될 수 없기 때문이다. 우정이란 개인적인 존재와 이상적인 친구의 존재를 동일하게 인식하는 것이다. 아감벤은 다음과 같이 말했다. "친구는 또 다른 내가 아니라, 나의 자아 내부에 존재하며 나에게 잘 어울리는 타인을 의미한다."

이처럼 우정의 이상적인 의미를 살피다 보면 존재의 소여성(所與性, 어떠한 사실이나 대상이 나타나기 전부터 이미 주어져 있는 것-역주)을 발견하게 된다. 내가 아닌 다른 존재에 대한 사랑은 이미 주어진 것이며 훗날 우리 앞에 타인을 향한 사랑으로 드러난다. 타인에 대한 사랑은 존재를 육체적인 실체로서 경험하는 것이 아니라 선물로서 경험하는 것이다. 그리고 이 선물에 대한 보답은 오직 감사의 마음을 갖는 것뿐이다.

마지막으로 한 마디 덧붙이자면, 감사의 마음은 어느 한 쪽이 친구에게 일방적으로 느낄 때보다 친구와 함께 느낄 때 더 소중하다. 진정한 우정은 친구에게 호의를 베푸는 의미를 초월하여 선물처럼 소중한 친구의 존재를 아무 조건 없이 있는 그대로 감사하게 여기는 것이다.

우리 친구는
인터넷이다!

Our friend's electric!

– 게리 누만Gary Numan의 노래 제목

오늘날 인터넷 세상이 급속하게 발달함에 따라 '친구하다(to friend)'라는 새로운 동사가 생겨났다. 이 동사는 사람들이 마이 스페이스, 페이스북 등 웹사이트에 접속하는 행위를 의미하는 것으로, 누군가를 알아가는 행위를 의미하는 '친구가 되다(to befriend)'와 구분된다. 즉, '친구하는 것'은 단순히 웹사이트에 접속하는 행위에 불과하다. 친구한다는 말에는 누군가를 만난다는 뜻이 아니라 '친구가 된(friended)' 친구를 처음에 '친구' 했던 것처럼 언제든지 금방 버릴 수 있다는 뜻이 내포되어 있다.

'친구하다'란 단어에는 '되다(be)'라는 동사가 빠져 있다. 이는 친구하는 행위에 인간의 존재에 대한 본질적 의미가 담겨 있지 않을 뿐 아니라, 친구하기 원하는 사람이라면 누구나 수적 제한 없이 마음껏 친구를 구할 수 있다는 사실을 뜻하는 것으로 보인다. 인터넷 공간에는 여러분을 대신하여 자동적으로 친구를 만들어 주는 웹사이트가 널려 있으며, 이 웹사이트를 이용할 때마다 여러분의 친구 명단은 풍성해진다. 온라인 명단에 친구가 늘어날수록 여러분은 친구하는 일을 통해 더 큰 즐거움을 누리게 된다.

친구하는 행위를 계속하다 보면 누군가의 친구가 될 수도 있지만, 이러한 과정을 통해 친구가 된 사람들은 대부분 전통적인 친구의 개념과 다르다. 친구하는 행위에서 중요한 것은 친구의 수이고, 친구가 되는 행위에서 중요한 것은 우정의 질이기 때문이다. 친구가 많을수록 우정의 질은 떨어진다.

마이 스페이스를 이용하는 사람들은 대부분 온라인 명단에 등록된 친구의 수가 많을수록 좋다고 생각한다. 사람들은 온라인 명단에 등록된 친구의 수가 적을수록 자신의 사교 능력이 부족하다는 증거로 받아들인다. 마이 스페이스 이용자 중 온라인 친구 명단에 연연하지 않는 사람은 극소수에 불과하다.

이러한 현상이 우정, 즉 전통적 방식인 오프라인을 통해 친구가 되는 것에 끼치는 영향은 과연 무엇일까? 사회학자 셰리 터클Sherry Turkle은 온라인 위주의 생활방식이 인간의 심리상태를 왜곡시키고 있다며 깊은 염려를 표시했다. 현대인은 온라인 세상을 돌아다니는 동안, 혼자 살아가는 능력과 더불어 감정을 다스리고 포용하는 능력까지도 점점 잃어간다. 우리는 인간 대신에 기계와 친해지면서 새로운 종속 관계의 굴레에 얽매인 사회적 존재, 즉 '구속된 자아'로 변해가고 있다. 대화는 약속, 친교, 정책 등 보다 심오한 측면들을 공유하는 것이 아니라 고직 소문, 사진, 프로필이나 주고받는 심심풀이로 변해버린 것이다.

인터넷은 다양한 정보를 제공해 주지만, 정작 인간적인 유대관계를 유지하거나 심오한 교감을 나누는 방법은 가르쳐 주지 않는다. 게다가 인터넷이 제공하는 정보 중에는 틀린 것도 많다. 인간은 인터넷 정보에 의존할수록 자기 성찰의 기회를 잃게 되며, 질문을 받으면 신중하게 생각하기보다 인터넷 앞으로 달려가 한시라도 빨리 답변을 찾아내느라 바쁘다. 이러한 변화들은 인간의 심리상태를 변화시킨다. 오늘날 사람들의 마음속에 남아 있는 것은 과연 무엇일까? 자기 생각? 자율성? 특별한 의미를 찾아내는 능력?

인터넷은 더욱 심각한 문제를 갖고 있다. 사람들은 인터넷에서 자유롭게 얻을 수 있는 다양한 정보에 매혹된 나머지, 인터넷에서 발견한 사상, 자율성, 의미를 모두 자신의 것으로 착각하며 살아간다. 이러한 모든 것들은 굳이 인터넷의 힘을 빌릴 필요 없이 우리 스스로 얼마든지 찾아낼 수 있는데도 말이다.

폴란드 사회학자 지그문트 바우만Zygmunt Bauman은 자신의 저서 『유동하는 공포』를 통해 인터넷의 그늘 아래 인간 본연의 가치를 잃어가는 현대인들의 모습을 예리하게 분석했다. 그는 오늘날 진실이 무너짐에 따라 모든 인간관계가 평온이 아니라 불안의 온상으로 변해버렸다고 개탄한다. 우리는 우정의 질이 떨어져 가는 것은 대수롭지 않게 생각하면서, 온라인 명단의 친구 수가 조금이라도 늘지 않으면 불안감에 떨며 전전긍긍한다.

우리는 끝없는 의심에 사로잡힌 채 배신과 절망의 두려움에서 헤어나지 못하면서도 친구와 우정의 네트워크를 넓히기 위해 강제적, 필사적으로 몸부림친다. 우리가 휴대전화 저장 목록에 쑤셔 넣는 네트워크가 넓어질수록, 더 큰 저장 용량을 가진 새 휴대전화들이 앞다퉈 나타난다.

우정은 온라인 시대 이전부터 이미 하나의 일용품처럼 되어 버렸다. 그러나 온라인 시대에 들어서면서 인간조차 일용품처럼 변해가고 있는 마당에, 이제 우정은 일용품보다 더 기상천외하고 충격적인 수준으로 하락해 가고 있는 것은 아닐까?

사랑은
우리를 눈멀게 한다.

Love is blind.

– 애넌Anon

히포탈레스Hippothales는 플라톤의 대화편 「뤼시스」에 등장하는 아테네 귀족 청년으로, 매우 특이한 인물이다. 아마도 그는 유명한 철학 작품의 등장인물 중에서 가장 뜨겁게 사랑한 사람일 것이다.

그의 정열을 불타오르게 한 사람은 미소년 뤼시스였다. 그는 거의 맹목적으로 뤼시스에게 집착했기 때문에 뤼시스를 생각만 해도 가슴이 마구 뛰고 얼굴이 붉게 달아오를 정도였다. 주위 사람들도 히포탈레스가 뤼시스에게 얼마나 깊이 빠져있는지 잘 알고 있었다. 그의 친구 크테시포스Ctesippus마저도 참다못해 소크라테스에게 이렇게 소리 질렀다. "저 녀석은 정상이 아니에요. 형편없는 미치광이라고요."

히포탈레스는 친구들 사이에서 곧 놀림거리가 되고 말았다. 뤼시스는 특히 가족에게 충실하다는 점에서 아테네 시민의 본보기로 꼽혔다. 히포탈레스는 뤼시스에 대한 짝사랑으로 고민하다가 뤼시스의 선조들이 지녔던 고귀한 명예와 미덕을 찬양하는 노래를 지어 부르기 시작했다. 그러나 그의 사랑 노래는 괴상하기 짝이 없었다. 크테시포스는 히포탈레스에게 노래가 귀에 거슬리니 제발 조용히 해달라고 사정하기도 했다.

소크라테스는 크테시포스와 다른 이유에서 히포탈레스의 집착이 무모하다고 말했다. 히포탈레스는 뤼시스에 대한 노래를 부를 때마다 뤼시스가 이미 자신의 애인이라도 되는 양

깊은 착각 속으로 빠져들곤 했다. 소크라테스의 말에 따르면 히포탈레스는 '사냥길에 나서기도 전에 승리의 노래를 부르는 어리석은 사냥꾼'과 같았다. 또한 소크라테스는 뤼시스가 히포탈레스의 아첨투성이 노래를 듣는다면, 진저리를 치며 히포탈레스를 당장 쫓아내 버릴 것이라고 말했다!

그러던 어느 날, 히포탈레스가 그토록 고대하던 순간이 다가왔다. 바로 뤼시스가 히포탈레스의 눈앞에 나타난 것이다. 히포탈레스는 마치 유명한 팝 가수와 우연히 마주치게 된 10대 소녀 팬처럼 거의 제정신을 잃을 정도로 흥분하고 말았다. 그는 기둥 뒤에 숨어 소크라테스에게 자기가 여기 있다는 사실을 제발 뤼시스에게 알리지 말아 달라고 애원했다. 그의 마음속에서 뤼시스는 곧 우상과도 같은 존재였기에 차마 뤼시스의 곁으로 다가가 말을 건넬 용기가 없었던 것이다. 열렬한 사랑에 빠진 사람은 바로 히포탈레스처럼 자신의 존재 따위는 까맣게 잊어버리고 오직 상대방만을 생각하기 마련이다.

소크라테스는 이러한 상태를 정신병이라고 표현했다. 소크라테스는 히포탈레스가 제정신을 차리도록 도와줘야 한다는 생각에 이렇게 말했다. "자네는 사랑 아니, 무모한 집착 때문에 아예 눈이 멀어버렸군." 이 현명한 스승은 히포탈레스가 뤼시스라는 사람을 제대로 알지도 못하면서 맹목적인 집착에 빠져있는 것이라고 생각했다. 히포탈레스가 뤼시스에 대해 아는 점이라고는 그가 미남에다 가족에게 충실하다는 것뿐으로, 이는 아테네 사람들 대부분이 다 아는 사실이었다. 소크라테스는 히포탈레스가 열렬히 사랑하는 사람은 뤼시스라는 실존 인물이 아니라 환상 속의 우상이라고 말했다. 즉, 히포탈레스는 자신이 원하는 이상형을 뤼시스에게 투사하고 있다는 것이다.

그러나 소크라테스는 너그러운 사람이었기에 히포탈레스의 마음을 쉽게 이해할 수 있었다. 소크라테스 또한 히포탈레스처럼 열렬한 사랑에 곧잘 빠지곤 했기 때문이다(일설에 따르면 소크라테스는 어느 날 칼리클레스Callicles의 매력적인 육체를 묘사한 조각상을 본 순간, 넋을 잃고 그 자리에 멈춰 섰다고 한다).

소크라테스는 히포탈레스와 사랑에 넋을 잃은 사람들에게 사랑에 대한 귀중한 충고 세 가지를 다음과 같이 알려주었다.

첫째, 대화를 통해 상대방이 어떤 사람인지를 알아가는 시간을 가져라. 우리는 이러한 과정을 통해 맹목적인 환상에서 벗어나 현실 세계에서 상대방의 장점뿐 아니라 결점까지 정확하세 파악할 수 있다. 진실한 관계를 원한다면, 상대빙을 잘 알아야 한다.

둘째, 너 자신을 알라. 사랑은 맹목적인 것이다. 열렬한 사랑에 빠진 사람은 제정신을 잃고 자신이 온 우주에서 가장 고귀한 감정, 즉 오묘한 기쁨 속에 늘 젖어있는 듯한 느낌을 받게 된다. 그러나 주위 사람들의 눈에 당신은 그저 착각에 빠진 바보일 뿐이다. 사랑에 눈 먼 사람은 연인뿐 아니라 자신의 모습까지 제대로 알아보지 못한다.

셋째, 맹목적인 광란 상태에서 벗어나라. 이는 가장 어려운 일이긴 하지만, 그 무엇보다도 반드시 해야 할 일이다.

히포탈레스는 플라톤의 대화편이 끝날 때까지도 이 일을 해낼 수 없었다. 그는 소크라테스와 눈이 마주칠 때마다 얼굴이 빨개져서 자신 없다는 듯이 고개를 설레설레 흔들곤 했다. 하지만 사랑이 아무리 황홀하고 달콤하더라도, 마음을 가라앉히고 이성을 되찾아야 한다. 그리고 여러분은 결국 그럴 수 있을 것이다.

Deep Thought on Life

In wonder all philosophy began. In wonder it ends.
The optimist proclaims that we live in the best of
all possible worlds; and the pessimist fears this is true.
Do I feel lucky? Well, do ya, punk?
I don't want to achieve immortality through my work…
I want to achieve it through not dying,
Truth rests with God alone and a little bit with me.

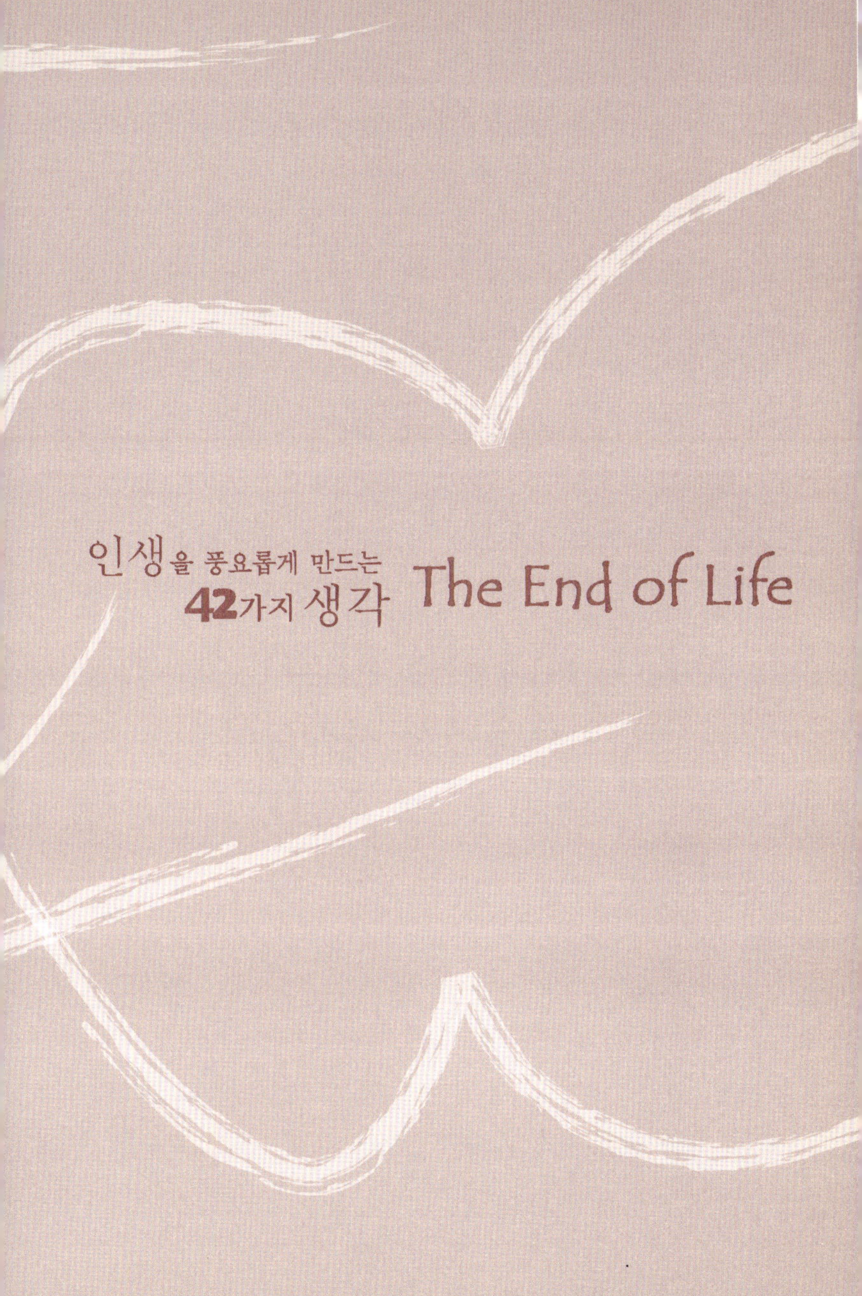
인생을 풍요롭게 만드는
42가지 생각
The End of Life

모든 철학은
경이로움에서 시작하여
경이로움에서 끝난다.

In wonder all philosophy began. In wonder it ends.

— 콜리지Coleridge

2년 전, 런던 템스 강에 북해 병코 돌고래가 나타났다. 길이가 무려 약 6미터에 달하는 커다란 고래가 깊은 바다를 빠져나와 웨스트민스터, 복스홀, 바터시 다리 밑의 얕은 강물 속에서 고통스럽게 몸부림치는 모습은 영국 전역을 온통 흥분의 도가니로 몰아넣었다. 각 방송사에서는 이 소식을 취재하기 위해 24시간 대기상태로 돌입했고 수많은 런던 시민들이 고래를 보기 위해 템스 강변으로 몰려들었다. 그런데 그 날 오후, 사태는 갑자기 뜻밖의 국면으로 접어들었다. 푸트니 근방에서 아기 돌고래의 시체가 발견된 것이다. 그렇다면 템스 강에서 발견된 고래는 이 아기 돌고래의 엄마로 자식을 찾아 돌아다니던 중이었다는 말인가? 사람들의 흥분은 더욱 고조되었다. 일부 평론가들은 이 사건을 두고 영국 다이애나Diana 왕세자비의 죽음까지 떠올렸다.

수의사와 해양 생물학자들은 죽어가는 고래를 살리기 위한 최선의 방법을 논의했다. 고래가 강가로 올라와 잠잠해지자, 사람들이 고래를 거룻배에 싣고 대형 보트로 끌어올린 다음 고래의 몸둥에 물을 뿌렸다. 고래는 물 밖으로 나오는 순간 무거운 체중에 눌려 폐가 압박되는 바람에 심한 경련을 일으켰다. 사람들은 서둘러 고래를 강 하류로 데려갔다. 그곳에서 고래를 바다로 내보내면 살릴 수 있으리라고 생각한 것이다. 그러나 불쌍한 고래는 결국 바다로 나가지 못했다. 오후 7시경, 고래가 마지막으로 고통스러운 발작을 일으킨 끝에 숨을 거두고 말았다는 슬픈 소식이 보도되었다.

이 날은 뉴스 역사상 유례없는 사건이 발생한 날로, 각 언론 매체는 다음 주까지 고래에 대한 이야기로 떠들썩했다. 고래 사체의 해부 결과와 더불어 이 소식이 왜 그렇게 큰 반향을 불러일으켰는지에 대한 추측들이 마구 쏟아져 나오기 시작했다. 단지 그 동안 별다른 소식이 없었기 때문에? 오랜 세월 동안 깊은 바다 속에서 헤엄치던 고래가 일반인들에게 그 위풍당당한 모습을 드러냈기 때문에? 고래를 구하려는 사람들이 방송사의 실시간 중계를 통해 발휘한 이타적이고 인간적인 동정심 때문에? 좀 더 비관적으로 말하자면, 고래를 구하려던 시도가 인간이 자신과 마찬가지로 생명과 감각을 지닌 불쌍한 동물들에게 무심코 저지르는 잔인한 행동에 대하여 느끼는 죄책감을 상징하는 것이기 때문에?

236 나는 이 사건을 천천히 되짚어 보다가 매우 놀라운 사실을 하나 발견했다. 답은 바로 고래의 심리상태에 있었다. 당시 고래는 극도의 공포, 불안, 고통이 뒤섞인 가운데 마치 몽롱한 안개 속으로 들어가는 것처럼 자꾸 의식을 잃어가고 있었을 것이다. 이러한 상황에서는 누구나 자신이 엄청난 곤경에 빠져있다는 것만을 느낄 뿐, 그 이유를 제대로 분간할 수 없다. 우리도 간혹 무서운 꿈을 꿀 때, 영문을 모른 채 도망가지도 못하고 겁에 질려 있지 않은가? 그럴 때면 두 다리는 마치 땅에 붙어 버린 것처럼 꼼짝도 하지 않는다.

나는 고래의 경험과 그 날 오후 템스 강변으로 몰려든 사람들의 경험을 비교해 보았다. 고래를 돌보는 수의사들, 이 소식을 생방송으로 내보내는 카메라 촬영기자들, 현장을 기웃거리며 동정 어린 한숨을 내쉬거나 여기저기서 소곤거리는 수백 명의 구경꾼들……. 내가 무엇보다도 놀랍게 여긴 것은 마지막 몇 시간 동안 고통으로 몸부림치며 죽어간 고래의 경험과 이 모습을 지켜보는 사람들의 경험이 너무나도 달랐다는 점이다. 사람들은 주위에서 온갖 법석을 떨어댔지만, 고래는 그들의 세계를 절대로 의식하지 못했을 것이다.

나는 문득 이 세상 어딘가에 영국의 공상과학 소설가 웰즈 H. G. Wells의 유명한 말처럼 인간보다 훨씬 훌륭한 정신을 가진 외계인이 살고 있다는 생각이 들었다. 인간 세상을 지켜보고, 지구를 돌보며, 우리를 우리 자신으로부터 구해주는 외계인 말이다. 하지만 우리는 그러한 지성을 갖춘 외계인들이 이 세상에 존재한다는 사실을 알 수 있을까? 우리는 이 외계인들이 우리의 삶에 개입하는 것을 우리가 고래의 삶에 개입했던 것 이상으로 더 분명하게 느끼거나 인식힐 수 있을까? 아마 그렇지 않을 것이다. 이러한 생각은 짧은 공상소설의 소재로는 적합할지 몰라도 현실 세계에서는 미친 사람의 헛소리에 불과하다.

그제야 나는 고래의 경험과 우리의 경험이 다르다는 사실에 내가 왜 그렇게 매혹되었는지를 깨달았다. 이는 우리가 가진 지식의 한계와 관련이 있다. 우리는 이 세상 어딘가에 분명히 존재하는 미지의 세계를 전혀 알지 못한다는 점에서 저 고래와 같다. 그러나 우리는 지구에 사는 다른 생물들과 달리, 우리의 무지를 알고 있다. 바로 이 차이점이 우리를 인간으로 만드는 것이다. 우리가 아는 것이 거의 없다는 사실을 아는 순간, 경이로운 세계가 열리면서 철학이 시작된다.

낙천주의자는
우리가 모든 것이 가능한
최고의 세상에서 산다고 주장한다.
그리고 비관주의자는
그 말이 사실이라는 것을 두려워한다.

The optimist proclaims that we live in the best of all possible worlds;
and the pessimist fears this is true.

– 제임스 브랜치 캐벌James Branch Cabell

오늘날 세계 곳곳에서 일어나는 사건들을 살펴보면, 비관주의자가 되지 않을 수 없다. 중동 분쟁, 핵무기 확산 등 세상은 온통 우리의 마음을 어둡게 만드는 일들로 가득하다. 심지어 햇빛마저도 지구 온난화 현상을 예고한다. 하지만 비관주의는 일반적으로 환멸과 자포자기의 상태로 불러온다는 점에서 나쁜 것으로 간주된다. 캐나다 가수 레너드 코헨Leonard Cohen은 이렇게 외쳤다. "비관주의자는 마치 비가 오기를 기다리는 사람과 같다."

그렇다면 비관주의는 정말로 나쁜 것일까? 사실 낙관주의야말로 우리 마음속에 실망과 앞날에 대한 두려움이 자라나게 함으로써 모든 문제를 불러일으키는 화근이 아닐까? 반면 비관주의는 우리를 진보에 대한 끊임없는 기대로부터 구해주고 세상을 살아가는 현실적인 힘을 찾아준다는 점에서 오히려 현실적, 도덕적으로 옳은 태도가 아닐까? 그러나 대부분의 사람들은 이러한 주장에 맹렬히 반대할 것이다.

미국의 정치이론가 조슈아 포 디엔스타그Joshua Foa Dienstag는 자신의 저서 『비관주의』를 통해 니체, 쇼펜하우어, 루소 등 수많은 철학자들이 비관주의를 긍정적으로 받아들였다고 지적한다. 이들은 진보를 확신하는 낙관주의가 인간의 상상력을 선형 시간(계산 작업을 수행할 때 입력되는 숫자열의 길이와 계산 시간이 비례한다는 이론-역주)처럼 제한한다고 주장했다. 즉 현대인은 시간이 앞으로 나아갈수록 인간의 문명 또한 진보한다고 착각하기 쉽다는 것이다. 그러나 이러한 진보주의는 시간과 마찬가지로 인간을 지치게 해 환멸과 자포자기의 상태로 몰아넣는다.

비관주의는 분명 허무주의와 다르다. 허무주의는 인생에서 아무것도 원하지 않으며 회의론적인 사고방식을 통해서조차 아무것도 알지 못한다. 반면, 비관주의는 아무것도 기대하지 않지만 모든 것을 위해 노력한다. 소위 정치적 영웅들이 거의 아무것도 모르거나 성공에 대한 현실적인 전망도 제시하지 못하면서, 단지 뭔가 해야 한다는 생각에 무조건 반대만을 일삼는 것과는 차원이 다르지 않은가? 그들은 어리석은 방종에 젖어 실제로는 아무것도 이루지 못했다. 그러나 비관주의자는 결코 포기하지 않고 돈키호테처럼 삶의 부조리한 현상들을 탐구한다. 게다가 비관주의자는 넓은 안목을 가지고 눈앞에 닥친 재난을 대범하게 헤쳐 나가며 결코 미래를 두려워하지 않는다. 적어도 내 생각은 그렇다.

나는 운이 좋을까?
어디 한번 시험해 보시지?

Do I feel lucky? Well, do ya, punk?

– 돈 시겔Don Siegel의 영화 〈더티 해리Dirty Harry〉에서 캘러핸의 대사

다음 이야기는 한 소년에 대한 실화이다. 이 소년의 아버지는 소년이 태어난 지 불과 몇 주 후에 세상을 떠났다. 따라서 소년에게는 어머니가 곧 삶의 전부였다. 사람들은 사이좋은 이 모자의 모습을 볼 때마다 소년이 어머니에게 바치는 아름다운 애정과 열렬한 숭배를 칭찬하곤 했다. 그러나 소년이 세 살 되던 해, 집시에게 유괴당하는 끔찍한 사건이 발생하고 만다.

그 날 소년은 어머니를 따라 근처 삼촌 집으로 놀러갔다. 소년은 바로 문 밖에서 놀고 있었고, 아무도 위험한 일이 일어나리라고는 생각하지 않았다. 집시가 이 집 앞을 지나가기 전까지는 말이다.

잠시 후 삼촌은 소년이 없어졌다는 사실을 발견하고는 미친 듯이 흥분하여 소년을 찾아 나섰다. 자칫하면 소년을 영영 찾지 못할 수도 있는 상황이었다. 집시들은 걸음이 무척 빨라서 근처 숲 속으로 금방 숨어버릴 수 있기 때문이다. 다행히도 삼촌은 부랑자처럼 보이는 한 여인이 애타게 우는 어린아이를 데리고 어디론가 가더라는 얘기를 곧 듣게 되었고, 이웃사람들을 불러 모아 숲을 뒤진 끝에 곧 유괴자를 찾아낼 수 있었다. 소년을 데려가던 집시 여인은 수색대가 가까이 다가오는 것을 보자 어린아이를 내팽개치고 달아나버렸다. 아쉽게도 이 파렴치한 유괴범은 잡지 못했지만, 어린 소년은 비탄에 젖어 울고 있던 어머니 곁으로 무사히 돌아갈 수 있었다.

이 사건은 애덤 스미스의 전기에 소개된 일화이다. 전기 작가들 중 한 사람의 말에 따르면, 스미스는 어린 시절 매우 병약해 불행한 삶을 살았을지도 모른다. 그러나 그는 역시 행운아였다. 얼마 후 학교에 들어가자마자, 그의 불타는 학구열과 탁월한 기억력은 금방 두각을 나타내기 시작했고, 스미스는 당대 최고의 사상가로 성장하게 되었다. 전기 작가들 중 한 사람이 저 유괴 사건에 대해 말했던 것처럼, 스미스에게 있어 운명은 '장차 세상을 위해 학문의 지평을 넓히고 유럽의 상업 정책을 계몽, 개혁하도록 정해진 천재 한 사람을 지켜준 행복의 도구'가 되었다.

애덤 스미스의 나머지 생애는 평온하게 흘러갔으므로 운명의 주사위가 천상(天上)의 탁자 위에서 굴러가는 소리도 더 이상 들리지 않았다. 그 끔찍한 날에 일이 다른 방향으로 흘러갔다면 어땠을지 상상만 해도 소름이 끼친다. 어린 아이가 애처롭게 울어대는 소리를 아무도 듣지 못했다면? 스미스가 그렇게 울기만 하다가 유괴범의 손에 이끌려 영영 사라져 버렸다면? 정말로 그런 비극이 벌어졌다면 우리는 지금 이 순간 끔찍한 불운의 가능성을 논하고 있지도 않을 것이다. 아니, 그런 일은 아예 우리 기억 속에 남아 있지도 않을 것이다.

이러한 논리는 운명에 대한 반응을 의미한다. 이성적인 사람은 운명 따위를 믿지 않는다. 운명은 미신을 믿는 사람들이

별자리로 운명을 점치거나 우주를 움직이는 신비한 힘, ‘태초부터 그렇게 되도록 운명 지워진’ 것들에 대해 이야기할 때나 쓸모 있는 것으로 운명에 대해 신경 쓸 가치조차 없다고 생각할지 모른다. 그러나 운명의 힘을 인정하는 사람들도 있다.

애덤 스미스의 어머니가 아들을 그토록 열렬하게 사랑하지 않았다면, 스미스 또한 어머니를 찾아 그토록 슬피 울지는 않았을 것이다. 말하자면 어머니의 사랑이 스미스를 불행에서 구한 행운이었던 셈이다. 바로 그 행운 덕분에 스미스의 울음소리가 다른 사람들의 귀에까지 들려온 것이다. 하지만 단지 그뿐이다.

엄밀히 말하자면 운명은 사건의 속성을 설명하는 것에 불과하다. 즉, ‘행운’은 사건의 긍정적인 측면을, ‘불운’은 부정적인 측면을 강조할 뿐이다. 따라서 여러분이 금요일에 골라잡은 복권의 번호가 토요일에 당첨 번호로 불린다면, 정말로 기분 좋은 ‘행운’이 우연히 일어난 것이다.

우리는 혼논이돈 전문가처럼, 나비 한 마리의 날갯짓이 얼대지방의 기후에 영향을 끼치듯이 우리가 통제하거나 이해할 수 없는 그 어떤 힘이 우리 인생에 중대한 영향을 끼친다고 생각할 필요도 없다. 그저 어떤 연결고리가 다른 상황에 긍정적으로 작용하듯, 운명 또한 우리 삶에 긍정적으로 작용하는 것처럼 보이는 경우가 있을 뿐이다.

고대인들은 운명이라는 난해한 주제를 어떻게 생각했을까? 우리는 그 발자취를 영어에서 일부 찾아볼 수 있다. 그들은 일반적으로 인간이 행복한 삶을 살았는지 여부가 운명에 달려 있다고 생각했다. 따라서 '행복(happiness)'이라는 단어의 어원은 '우연(happenstance)'과, '불행한(unhappy)'의 어원은 '불운한(hapless)'과 밀접하게 관련되어 있다. 고대인들은 인생의 모든 요소들이 인간의 탁월함을 이루기 위하여 정확하게 배치되어야 한다고 믿었다. 또한 이러한 현상은 인간이 태어날 때부터 시작되며 모든 인간은 저마다 적절한 능력을 가지고 태어난다고 생각했다.

이러한 관점에 따르면, 인간의 양육 과정 및 우정에 대한 유년시절의 경험은(부모의 사회경제적 지위로부터 장난감을 가지고 다른 아이들과 함께 놀고 싶다는 충동을 느끼는지 여부에 이르기까지) 주어진 모든 기회들을 그대로 반영한다. 여기에는 교육의 문제도 관련되어 있다. 그러나 부모들이여, 좋은 학교의 선택이 반드시 교육의 성패를 좌우한다고 생각하지 마시기를! 교육의 성공 여부는 미리 단정 짓거나 계획할 수 없는, 결정 불가능한 부대 효과에 따라 좌우된다.

우연이긴 하지만 교육적 측면에서 나의 유년시절은 불운했다. 초등학교에 다니던 열 살 무렵, 나는 굉장히 공들여서 작문 숙제를 마쳤다. 내 기억에는 아마도 지난주에 무슨 일을 했는지를 기록하는 일이었던 것 같다. 나는 선생님이 내 작문을 어떻게 생각할지 너무나도 궁금했기 때문에 작문 점수가 발표되기 전까지 교실에서 그야말로 가슴 졸이는 시간들을 보내야 했다. 그러나 며칠이 지나서 선생님이 내게 건넨 말은 지금 생각해도 온 몸이 떨릴 정도로 무서운 것이었다. "버논, 너한테 할 말이 있다." 나는 그 말이 무슨 뜻인지 전혀 알 수가 없었다. 그리고 지금까지도 그 뜻을 정확히 모르겠다. 하지만 한 가지 분명한 사실은, 내 숙제가 선생님의 마음에 들지 않았다는 것이다. 어쩌면 선생님은 그 날 단지 기분이 안 좋았기 때문에 그렇게 말했을지도 모른다. 그러나 이후 몇 년 동안 나는 될 수 있으면 작문 과목 대신 과학이나 음악 과목을 선택했다. 그런데 20대 초반의 어느 날, 내 천직은 목사가 되어 신학을 공부하는 것이라는 생각이 뇌리를 스쳐 지나갔다. 갑자기 내게 행운(아니면 하나님의 뜻이었을까?)이 찾아온 것이다. 내가 작문의 기쁨을 다시 맛보게 되었기 때문이다.

고대인들은 인생의 여러 사건들을 우연과 연결 짓는 한편, 행운을 얻기 위해 많은 노력을 기울었다. 많은 사람들은 신을 위해 희생함으로써 행운을 천국에 쌓고자 했다. 반면 어떤 이는 좀 더 철학적인 방법을 탐구했다. 고대 그리스 시인 에우리피데스Euripides의 비극에 따르면, 어느 날 소크라테스는 한 예언자가 "행복이 우연하게 일어나도록 내버려 두라."고 이야기하는 것을 들었다. "말도 안 되는 소리"라며 소크라테스는 투덜거렸다.

이는 현대인들도 공감할 만한 태도일 뿐 아니라 소크라테스의 제자 중 스토아 학자들이 매우 진지하게 탐구했던 문제와도 일맥상통하는 것이었다. 스토아 학자들은 모든 인간에게는 선택의 기회가 주어진다고 생각했다. 즉 행복한 삶의 여부는 외부에서 발생하는 통제 불가능한 요인들이 빚어낸 혼란 속에서 우연히 탄생하는 경우도 있지만, 개인의 내부에서 발생하기 때문에 개인이 통제할 수 있는 요인들에 의해 결정되기도 한다. 현명한 인간은 후자의 경우를 풍요롭게 가꾸어 나가며 전자의 경우(재난 같은 것)가 발생할 때에는 의연하게 맞서나간다.

에우리피데스 자신은 비극에 등장한 예언자처럼 태평한 성격을 가진 사람과는 거리가 멀었다. 비극은 운명에 반응하는 방법들 중 가장 심오한 것이기 때문이다. 가슴을 저미는 비통한 연극은 관객에게 고통과 실의를 직접 맛보도록 하기 위해 쓰인 것이지만, 한편으로는 그러한 비극이 인생에 행운을 가져다주는 경우를 보여주기도 한다.

에우리피데스의 또 다른 비극 「아울리스의 이피게네이아」를 예로 들어보자. 이 비극은 그리스 신화에 등장하는 트로이 전쟁의 영웅 아가멤논 왕의 잔인한 운명을 다룬 것으로, 아가멤논은 트로이 전쟁 초기에 그리스 군과 함께 아울리스 항구

에서 트로이를 향해 출범할 날을 기다리고 있었다. 이상하게
도 바람이 불지 않아 바다에 배를 띄울 수 없었기 때문이다.
아가멤논의 부하들은 기다리는 시간이 길어질수록 전쟁에 빨
리 나가고 싶어 안달이 날 지경이었으므로 한시라도 빨리 출
발해야 하는 상황이었다. 그때 예언자 한 사람이 말하기를,
바람이 불지 않는 것은 아가멤논 왕이 아르테미스 여신(그리스
신화에서 사냥의 여신-역주)의 심기를 그르친 탓이라고 했다. 따
라서 아가멤논 왕은 속죄의 표시로 딸 이피게네이아를 제단
에 바쳐야 한다는 것이다.

　이야기가 전개됨에 따라 아가멤논의 고뇌, 부인의 절망,
이피게네이아의 고통, 그 약혼자의 분노는 위대한 사람들의
불운한 삶을 생생하게 드러낸다. 모든 등장인물들이 나름대
로 비난을 받지만, 이 희곡의 목적은 누가 비난을 받아야 하
는지를 따지기 위한 것이 아니다. 이야기 속에서는 무고한 딸
을 제물로 바치는 행위에 대하여 온갖 찬반 의견이 분분하나,
이 희곡은 정확한 결론을 내려주지 않는다. 대신 관객으로 하
여금 극한상황에 처한 등장인물들의 모습을 통해 인간 본연
의 모습과 운명에 지나치게 집착하는 인간 세상의 모습을 깨
닫게 해준다. 이 비극은 당시 아테네 사람들에게 커다란 공감
을 불러일으켰음에 틀림없다. 이 작품은 기원전 402년에 처
음으로 상연된 데 이어, 디오니소스 축제에서 영예의 1등상
을 차지했다.

비극은 운명이 인생에 끼치는 영향을 여러모로 생각하게 만든다. 비극의 등장인물은 신에게 호소함으로써 운명을 피하거나 이성을 발휘함으로써 운명의 영향력을 최소화하려고 애쓰지 않는다. 대신 좋은 삶이란 운명이 던지는 재난과 보상에 가장 현명하게 대처하는 것임을 암시한다. 좋은 사람이란 운명의 모든 영향을 좋은 것이건 나쁜 건 간에 가장 깊이 이해한다. 운명의 영향을 의연하게 받아들일 수 있는 사람이야말로 좋은 등장인물이다. 이러한 사람은 비극을 극복한 영웅으로 칭송될 만하다.

비극의 영웅들은 때때로 가장 큰 고통을 겪고, 우리는 그들을 동정하는 가운데 위대함을 발견한다. 「아울리스의 이피게네이아」에서 이피게네이아는 단연 영광의 월계관을 차지할 사람으로 손꼽힐 만하다. 그녀는 잔인한 운명에 가장 이성적으로 분노하고, 피할 수 없는 운명을 묵묵히 받아들이며, 자신을 희생의 제물로 바친다. 그 보상으로 이 훌륭한 처녀는 다름 아닌 아르테미스가 내려 보낸 사슴 덕분에 목숨을 구하게 된다. 신들은 때때로 인간의 영웅적인 품성에 감동한다. 이러한 품성은 운명을 주관하는 신으로서 결코 가질 수 없는 것이기 때문이다.

마지막으로 정리하자면, 행운을 가지고 태어난다는 것은 태어날 때부터 행운아라는 뜻이 아니다. 철학자 마르타 누스

바움Martha Nussbaum은 자신의 저서 『좋은 것의 유약함』을 통해 다음과 같이 말했다. 좋은 것은 유약하지만, 때로는 유약한 것이 좋은 것일 수도 있다. '최고의 행운이 있는 곳에는 통찰력이 없다.'

나는 작품을 통해서가 아니라
죽지 않음으로써 영생을 이루기 원한다.

I don't want to achieve immortality through my work…
I want to achieve it through not dying.

- 우디 앨런Woody Allen

누가 영원한 삶을 원하는가? 이 질문은 우리가 알지 못하는 그 어떤 것을 잃은 사람의 구슬픈 노래 속에 등장하는 가사처럼 느껴진다. 여러분 중에는 냉소를 담아 이렇게 말하는 사람이 있을지도 모른다. "어차피 누가 영원한 삶을 원하는가?" 물론 어떤 사람은, 예를 들면 인간 냉동기술연구소의 최고 기술경영자들은 매일 이런 질문을 곱씹으면서 인간이라면 누구나 당연히 영원한 삶을 원할 것이라고 확신하고 있을지도 모른다.

인간이 과연 영원한 삶을 원하는지에 대한 답은 쉽게 손에 잡히지 않는다. 다소 비과학적인 사례이긴 하지만, 어느 인터넷 여론조사의 결과에 따르면 사람들은 대부분 영원히 사는 것을 원하지 않는다. 그 이유는 사람들이 영생을 완벽한 삶과 동일시하기는커녕, 단조롭기 짝이 없는 삶(기쁨과 쾌락, 권태와 고통이 점점 똑같은 것으로 변해 버리는 삶)으로 여기기 때문이라고 한다.

어떤 사람들은 언젠가는 자신이 원하는 일과 할 수 있는 일을 모두 이루는 날이 나가올 것이므로 굳이 영생을 원하지 않으며, 그 날을 맞이한 후에는 죽음을 기꺼이 받아들이겠다고 대답했다. 이 대답은 인간의 조건을 상징한다는 점에서 매우 흥미롭다. 이론적으로 인생에는 수많은 것들이 존재하지만, 인간은 기껏해야 그 중 일부만을 잡을 수 있을 뿐이다. 그 이유는 인간에게 주어진 시간이 제한되어 있기 때문이 아니라 인간의 능력이 제한되어 있기 때문이다. 또 다음 생에 무슨 일이 일어나는지 궁금하기 때문에 영원히 살고 싶지 않다고 재치 있게 답한 사람도 있었다.

철학자들은 영생에 대한 생각이 내세를 믿는지 여부에 따라 좌우된다고 주장했다. 여기서 중요한 것은 '영생이 삶의 의미를 풍요롭게 가꾸어 줄 수 있는가?'이다. 파스칼은 영생에 대한 문제를 매우 중요하게 생각했으며, 인간의 영혼이 영원하므로 현세의 삶 또한 윤리적으로 다음 생을 지향해야 한다고 믿었다. 인간의 영혼은 영원히 존재하는 것이기에 현재의 삶은 다음 생에 끼치는 영향과 상관없이 일시적으로 스쳐 지나가는 바람에 불과하다. 파스칼은 삶의 의미가 바로 여기에 있다고 믿었다. 파스칼의 생각을 토마스 아퀴나스처럼 좀 더 부드럽게 표현하자면, 지상에서 가장 큰 행복을 맛볼 수 있는 길은 현재의 삶이 천상의 완전한 행복으로 향하는 여정의 시작임을 깨닫는 것이다. 영생을 부정하는 것은 산을 반만 오르는 것과 같다.

영생을 믿지 않는 사람들은 현생에서 삶의 의미를 찾을 수 없다면, 다음 생에서 삶의 의미를 찾을 수 있다고 생각하는 것 또한 무의미하다고 주장한다. 또한 이들은 현생이 아니라 다음 생에서만 의미를 찾을 수 있다면, 다음 생을 현생과 어떻게 구별할 수 있느냐고 묻는다. 영원성의 여부는 질이 아니라 양을 측정하는 척도이며 삶에 의미를 부여하는 것은 바로 질이다.

영원성의 본질은 과연 무엇일까? 체코슬로바키아의 극작가 카렐 차페크Karel Capek는 희곡 「마크로풀로스의 사건」을 통해 영원성의 본질을 철학적으로 다루었다. 이 희곡에는 뛰어난 실력으로 정상의 자리에 오른 오페라 가수가 등장한다. 그녀의 나이는 처음에 37세였으나, 이야기가 전개됨에 따라 그녀가 300년 동안 계속 37세로 머물러 있었다는 사실이 발견된다. 그녀는 아버지 마크로풀로스가 발견한 불로장생의 약을 사용하고 있었는데, 이 약을 한 방울만 먹으면 수명이 300년이나 연장된다. 그러던 어느 날, 그녀는 이 약을 한 방울 더 먹어야 할 것인지에 대해 고민하게 된다.

처음 300년을 얻었을 때, 이 오페라 가수는 너무나도 행복했다. 300년이라는 충분한 시간이 주어진 덕분에 자신의 예술세계를 완성하고 그 누구도 감히 따라올 수 없는 최고의 위치에 오를 수 있었기 때문이다. 그러나 그녀는 세월이 흐를수록 삶에 권태를 느끼기 시작한다. 이제 그녀의 입술에서는 덧없음, 공허함, 무의미함, 무가치, 허무함 등의 단어밖에 나오지 않았다. 정상을 추구하는 것은 삶에 의미를 선사해 주지만, 일단 정상에 오르고 나면 그 의미는 시들해지고 만다.

버나드 윌리엄스는 이 희곡에 대한 철학적인 논문을 통해 그 이유를 다음과 같이 두 가지로 설명했다. 첫째, 오페라 가수의 삶이 의미를 잃지 않으려면 그녀 자신이 변하지 말아야 했다. 그러나 영원은 말할 것도 없이, 오랜 세월이 지나면 인간은 변하기 마련이다. 우리는 영원에 미치지 못하는 극히 짧은 인생을 살면서도 원래 모습을 그대로 지킨다는 것이 얼마나 어려운 일인가? 우리가 1600년 런던에서 태어났다고 상상해 보자. 당시 런던 인구는 약 15만 명이었고, 스트랫포드 어폰 에이본Stratford upon Avon처럼 런던 근방에서 소위 현대적 규모의 거주지로 손꼽히던 곳은 그저 강가에 세워진 아늑한 소읍에 불과했다. 그런데 300년이 지난 지금, 이곳은 무려 700만 명이 거주하는 대도시로 성장했다. 여러분은 이렇게 엄청난 변화에 적응하려면 당연히 300년 정도 걸린다고 대답할 것이다. 그러나 윌리엄스가 주장하는 것은, 그러한 변화에 적응하려면 예전과 다른 사람으로 변해야 한다는 점이다. 오페라 가수의 주변에서 외부적인 변화가 일어나는 동안 그녀 자신에게는 극적인 변화가 전혀 일어나지 않았다면, 그녀는 다른 사람들로부터 고립된 채 미쳐버리거나 자기 연민에 빠져 눈물지으며 살아가야 했을 것이다.

둘째, 어떤 사람들은 이 오페라 가수가 영원한 예술에 몰두함으로써 현세의 변화를 초월할 수 있었다고 주장할 것이다. 예컨대 1600년에 불렀던 옛 노래라 할지라도, 1900년에 더욱 화려하게 편곡되어 많은 사람들의 사랑을 받는 경우가 있지 않은가? 이 오페라 가수 또한 음악에 몰두함으로써 자신을 잊을 수 있었을 것이다. 그러나 인간은 자신을 잊는 순간, 자신으로부터 또 다시 고립되고 만다.

　그러나 존재의 왜곡을 의미한다는 이유로 영원성을 부정해서는 안 된다. 영원성은 삶이 끝나는 순간뿐 아니라, 삶이 한창 계속되는 동안에도 느낄 수 있는 것이기 때문이다. 예컨대 우리가 친구와 함께 시간을 보내는 동안 느끼는 기쁨을 떠올린 다음, 이렇게 자문해 보자. "친구와 함께 보낸 시간을 기억하는 것은 시간 자체와 마찬가지로 즐거운 일인가?" 여러분이 만약 "아니다"라고 대답한다면, 그 이유는 즐거운 시간이 이미 지나가 버렸다는 사실 자체가 기억의 즐거움을 망치기 때문이다. 지나간 기억을 회상하는 것보다 앞으로 친구와 함께 보낼 시간을 기대하는 것이 훨씬 즐겁다. 친구의 집을 방문하는 기쁨이 친구와 헤어질 때의 만족감보다 훨씬 크다. 즉, 기억은 우리가 친구와 헤어지던 마지막 순간을 떠올리는 것이므로 영원에 대한 갈망을 담고 있다. 역설적이게도, 기억 자체는 우정의 필수 요소이다. 예전에 친구와 함께 시간을 보내지 않았다면, 어떻게 친구를 사귈 수 있겠는가? 사랑은 분명히 즐거운 것이지만, 그 이면에는 과거의 소중한 순간들에 대한 상실감과 영원하지 않은 시간에 대한 아쉬움도 존재한다.
　다음 생에서 가족, 친구와 행복하게 다시 만나기를 바라는 마음은 수수께끼와도 같이 복잡한 문제들과 관련되어 있다. 가족, 친구와 행복하게 다시 만난다는 것이 언제나 변하지 않는다는 것을 전제로 한다면, 이는 앞에서 「마크로풀로스의 사건」을 통해 제시한 의견과 상반되는 셈이다. 이러한 문제의 답을 종교적인 신앙에서 찾으려 하는 것은 문제를 해결하는 데 도움이 되지 못한다. 가족, 친구와 다시 만나기 전에 죽음을 통해 변화되어야 한다면 그때 우리는 이미 오늘날의 모습, 즉 우리가 아는 사람들로부터 사랑받는 모습과 완전히 다른 모습의 사람으로 변해있을 것이다. 그리고 반대로 생각해도 마찬가지이다.

영원하지 않은 인간이 영원성을 생각한다는 것은 사상(事象)의 지평선을 끊임없이 맴돌면서도 블랙홀 안으로 들어가지 못하는 것과 같다. 영원성의 개념을 이해하기란 결코 쉬운 일이 아니며 이는 영원성의 주요 특성이기도 하다. 우선, '영원성(immortality)'이라는 단어가 얼마나 부정적인 의미를 담고 있는지 생각해 보자. 접두사 'im'은 라틴어로 '~이 아닌(not)'을 의미하는 'in'이 변형된 것이다. 영원성은 사라지지 않는다는 것을 의미하며, 부정적인 의미만을 담고 있다. 죽지 않는다는 것, 죄가 없다는 것, 잊히지 않는다는 것 등. 어쩌면 이 단어는 우리가 아무리 노력해도 그 개념을 이해하거나 상상할 수 없다는 사실을 의미하는 것일지도 모른다. 'im'은 결코 넘어갈 수 없는 형이상학적인 경계를 상징하기 때문이다. 또는 바로 그러한 이유 때문에 수많은 사람들이 영원성을 탐구하기 위해 노력하는 것일지도 모른다.

니체는 사고 실험을 통해 영원성이 난해한 이유를 설명했다. 영원한 존재가 될 수는 있으나, 그러기 위해서는 조건이 하나 있다고 상상해 보자. 그 조건에 따라 여러분은 매일 언제나 똑같은 삶을 반복해야 한다. 니체는 이를 영원한 반복이라고 불렀다. 니체의 이론을 이상하게 여기는 사람들도 있겠지만, 이를 통해 적어도 마크로풀로스의 딜레마는 피할 수 있을 것이다. 영원한 반복을 인식하는 순간, 여러분이 현재의 삶에서 취하게 될 행동에 어떤 변화가 일어날까? 아마도 여러분은 영원히 즐길 수 있는 일을 하려 들 것이다. 즉, 니체가 말했던 영원한 반복은 여러분으로 하여금 현재에 더욱 집중하게 만든다. 이러한 상황에서 앞으로 무슨 일을 할지 결정할 수 없다면, 이는 여러분의 지금의 삶이 생각보다 만족스럽지 못하다는 것을 의미한다.

영원한 반복이 마음의 평안을 선사하는 순간들은 대부분 눈 깜짝할 새에 금방 스쳐 지나간다. 이는 별로 기분 좋은 생각은 아니지만, 우리가 앞으로 무엇을 탐구해야 하는지를 깨닫게 해 준다. 영원성을 탐구하는 것이 적어도 때로는 불가능한 일이라 할지라도, 이는 여러분이 삶의 의미를 깨닫는 데 도움이 된다. 역설적이게도, 우리는 영원성을 깊이 탐구할수록 현재에 더욱 충실해진다. 즉, 영원성에 대한 탐구는 현재를 더욱 의미 있는 것으로 만들어준다. 반대로 무신론적인 신념 때문에 영원성의 가치를 무시하고 폄하하는 것은 영원성을 종교적인 신앙의 문제에 국한시켜 영원성이 삶에 부여하는 활력을 약화시키는 것이다.

영원성의 신비를 열정적으로 탐구하는 사람만이 인간의 조건에 대한 지혜를 얻을 수 있다. 영국의 소설가 E. M. 포스터E. M. Forster는 이렇게 말했다. "죽음은 인간을 파괴하지만, 죽음에 대한 생각은 인간을 구원한다."

진실은
오직 하나님의 손에 달려 있으며,
내가 붙잡고 있는 것은
그 중 한 조각에 불과하다.

– 유대 속담

한때 나는 목사였던 적이 있다. 그러나 몇 년이 지난 후 나는 무신론자로 변했다. 그런데 얼마 후, 전혀 뜻밖의 일이 일어났다. 내가 열렬한 불가지론(不可知論, 신의 존재 여부는 인식 불가능한 것이라는 입장-역주)자가 된 것이다. 나는 종교가 인간에게 결코 없어서는 안 될 지혜를 담고 있다는 사실을 깨달았지만, 그와 동시에 오늘날 교회에 다니는 신자에게 요구되는 신앙을 확신할 수 없다는 사실도 깨달았다.

내 머릿속에는 다음과 같은 의문들이 메아리치고 있었다. 헌신적인 불가지론자가 되려면 어떻게 해야 하는가? 신의 존재를 그저 우리가 알 수 없는 세상 저편으로 밀쳐버리면 되는 것일까? 영적인 성스러움을 정말로 예술작품이나 음악에서도 얻을 수 있을까? 불가지론을 통해 삶의 의미를 발견할 수 있을까? 지금 이 순간, 나는 "그렇다"라고 대답하고 싶다. 게다가 불가지론은 매우 중요한 의미를 담은 것이기도 하다.

오늘날 우리는 그 무엇보다도 '확실성'이 요구되는 문화 속에서 살고 있다. 독단적인 과학은 우리에게 과학이야말로 모든 문제에 대한 답의 근원이며 인간의 육체와 영혼을 살찌우는 양식이라는 착각을 불어넣는다. 종교 또한 '신앙을 통한 깨달음'이 아니라 신앙에 대한 절대적인 선언을 강요하는 보수주의에 사로잡혀 있다. 이는 매우 중요한 문제이다. 맹목적인 오만함은 수많은 과오를 낳기 때문이다. 예컨대 종교적 근본주의는 분쟁을, 기술적 이상주의는 환경 재해를 불러일으킨다.

이러한 재난으로부터 벗어날 수 있는 길은 과연 무엇일까? 나는 그 답으로 '불가지론'을 제시하고 싶다. 불가지론은 세속적인 다툼이나 기술 혐오주의를 거부하기 때문이다. 미국의 역사학자 다니엘 J. 부어스틴Daniel J. Boorstin은 이렇게 말했다. "이 세상을 고통스럽게 만드는 것은 무지가 아니라 지식에 대한 자만이다. 품위와 진보를 위협하는 자는 회의론자나 탐험가가 아니라 광신자와 이론가들이다."

열정적인 불가지론은 과학이 놀라움에서 시작되며 세상을 경건하게 바라보는 마음을 키워주는 것이라고 간주한다. 또한 열정적인 불가지론은 종교적 신앙이 강압적인 답을 제시하는 것이 아니라 연관성과 의문을 탐구하는 것이라고 생각한다. 열정적인 불가지론자는 단순히 독단적인 과학과 불쾌한 종교에 환멸을 느끼고 어떻게 하면 불가지론자가 될 수 있는지를 캐내려는 사람이 아니다. 열정적인 불가지론은 인류의 미래를 풍요롭게 만드는 필수 요소이다.

어떤 의미에서, 나는 교회를 떠났다고 볼 수 있다. 구시대적인 분쟁을 일삼는 교회의 모습에 환멸을 느꼈기 때문이다. 내 생각을 좀 더 솔직하게 말하자면, 교회는 비종교적인 곳으로 보일 때가 너무나도 많다. 기독교인들이 잘못된 처신을 하고 있다는 말은 아니다. 다만, 나는 현대 교회가 영적인 삶의 본질을 추구하는 데 별로 관심이 없어 보인다는 말을 하고 싶은 것이다. 오늘날 교회는 신학이라는 거창한 미명 아래, 신도들에게 확실한 신앙을 강요하고 있다. 내 눈에는 기도의 가장 위대한 목적이 슈퍼마켓에서 주차 장소를 찾기 위한 것으로밖에 보이지 않는다. 교회에서 숭배의 대상은 미지의 존재가 아니라 그저 기분 좋은 경험일 뿐이다.

한편, 나는 무신론자가 되는 것을 단념했다. 무신론적인 승리주의는 영혼을 가난하게 만들어 인간성을 해치기 때문이다. 무신론은 정확한 답을 얻을 수는 없지만 반드시 탐구해야 하는 삶의 중대한 문제들을 무시하거나 비웃어 버린다. 나는 무신론에 대한 찬성론과 반대론을 모두 읽어본 후, 다음과 같은 결론에 도달하게 되었다.

'신의 존재 여부는 명확하게 답할 수 없는 문제이다. 그러나 이 문제를 어떻게든 풀어보려고 애쓰기보다는 풀리지 않는 상태 그대로 놔두는 것이 중요하다.'

헌신적인 불가지론자란, 바로 이러한 관점을 가진 사람을 의미한다. 빅토리아 시대 당시 열혈 다윈주의자로 불린 T.H. 헉슬리T.H. Huxley는 헌신적인 불가지론의 의미를 '충분한 증거가 없는 문제를 확신하지도, 부정하지도 않는 자세'로 정의했다. 신의 존재가 바로 대표적인 예이다. 헉슬리의 말은 헌신적인 불가지론의 의미를 이해하는 데 도움이 되지만, 다소 냉정하게 느껴진다. 그래서 나는 역사적인 인물 두 사람, 즉 소크라테스와 성(聖) 아우구스티누스의 사상 속에서 열정적인 불가지론의 의미를 찾아보고자 한다.

소크라테스는 지혜로 향하는 지름길은 자신의 무지를 깨닫는 것이라고 말했다. 그는 철학적인 신념을 강압적으로 주장하지 않았다는 점에서 불가지론자라 할 수 있다. 대신 그는 고대 아테네인들이 까다롭게 여기는 문제들을 탐구했다. 성(聖) 아우구스티누스는 인간이 '야수와 천사 사이'에 있다고 말했다. 진정한 인간이 되는 길은 많은 것들에 대해 무지하면서도 자신이 누구인지를 아는 것, 즉 무지하되 돼지처럼 무지하지 않은 것이다. 자신이 누구인지를 깊이 탐구할수록 인간성 또한 깊어진다.

또 한 가지 예를 들어보자. 과학과 종교의 싸움은 최선의 경우 막다른 궁지를, 최악의 경우에는 위험한 방종을 몰고 온다. 막다른 궁지란, 신의 존재에 대한 논쟁이 확실한 답을 얻지 못한 채 언제나 똑같은 자리를 맴도는 것과 같다는 뜻이다. 위험한 방종이란, 사람들에게 명확한 입장을 택하도록 강요함으로써 극단적인 근본주의, 즉 종교적 독선 또는 과학적 독선이 초래된다는 것을 의미한다. 그러나 정말로 매혹적인 진실은 다른 데 있다. 인간적인 풍요로움과 사회적인 필요성이 공존하는 곳은 바로 과학과 종교가 만나는 곳이기 때문이다. 진화 생물학자인 리처드 도킨스Richard Dawkins 등 복음주의 무신론자들은 과학이 모든 문제의 해답이라는 신념을 지키기 위해서 이러한 사상을 배격한다.

불가지론을 탐구하는 데 있어 중요한 문제 한 가지는 불가지론이 과연 종교적 신념이나 과학적 물질주의처럼 삶의 의미를 풍요롭게 하는 데 도움이 되는지 여부이다. 소크라테스의 삶을 돌이켜 보면 그 답을 알 수 있다. 소크라테스의 철학은 그의 삶 전체를 지배했다. 그는 이성, 정직, 우정, 질문을 통해 '너 자신을 알라'는 델포이 신전의 명령을 추구했다. 소크라테스에게 철학은 단지 명확하게 사고하는 방식 중 하나에 불과했다. 좀 더 심오하게 말하자면, 철학은 자신을 변화시키는 도구였던 것이다.

소크라테스는 어떻게 보면 매우 종교적인 사람이었다. 그는 신에 대한 토론을 통해 인간의 불확실성을 완벽하게 규명하고자 노력했다. 아무리 성스러운 문제라 할지라도 궁극적으로 그 본질을 알 수 없으면 아무 의미가 없다고 생각했기 때문이다. 소크라테스의 불가지론은 이성의 한계를 중시하는 철학의 기반을 이루며, 보다 중요하게는 세계관을 형성하여 삶의 의미를 풍요롭게 해준다. 또한 어떻게 살 것인가? 삶의 의미를 어디서 찾아야 하는가? 등의 중대한 문제들을 열정적으로 탐구한다.

불가지론은 우리에게 다음과 같이 세 가지 교훈을 선사한다. 첫째, 의미는 기성품처럼 직접적으로 찾을 수 있는 것이 아니라는 점에서 행복과 비슷하다.

둘째, 우리는 요한복음의 어느 한 구절처럼 인생에 전념해야 한다. 아무리 이성적인 사고를 담은 책이라 할지라도 책에서 의미를 찾을 수 있다고 기대하는 것은 책을 통해 구현되어야 하는 추상적인 개념에 의존하는 것에 불과하다.

셋째, 우리는 여러 가지 문제에 대한 사색을 즐기되, 문제의 답에 집착해서는 안 된다. 그러한 삶의 태도야말로 진정한 인간이 되기 위해 가장 필요한 것이기 때문이다. 이는 바로 영국의 시인 키츠Keats의 말과 같이 부정적인 능력, 즉 '사실과 이성을 찾기 위해 안달하지 않고 불확실성, 신비, 의심을 받아들이는 능력'을 갖는 것을 의미한다.

God Almighty first planted a garden.
Growth for the sake of growth is the philosophy of
the cancel cell.
A good piece of technology dreams of the day when it
will be replaced by a newer piece of technology.
Nature favours those organisms which leave the
environment in better shape for their progeny to survive.

인생을 풍요롭게 만드는
42가지 생각
The Greener Life

하나님은
가장 먼저 정원을 만드셨다.

God Almighty first planted a garden.

– 프란시스 베이컨Francis Bacon

　　아름다운 정원은 주로 행복한 인생에 비유되곤 한다. 고대 그리스의 철학자 에피쿠로스Epicurus는 수많은 철학자들 중 최초로 정원의 소중한 의미를 삶에 반영했던 사람이다. 그는 기원전 306년 '정원(the Garden)'이라는 이름의 학원을 세웠다. 에피쿠로스와 그의 학생들이 실제로 정원을 가꾸었는지에 대해서는 정확히 알려진 것이 없지만 이 중 누군가는 정원을 가꾸느라 흙투성이가 된 손을 자랑스럽게 흔들어 보이며 행복한 미소를 지었을지도 모른다.

　　에피쿠로스는 소크라테스 이후로 수많은 철학가들이 등장했던 도시를 자신이 추구하는 평온한 삶과는 정반대의 것으로 생각했다. 학원 '정원'은 도시의 밖에 세워졌기 때문에 에피쿠로스가 행복한 삶을 방해하는 것으로 간주한 도시적인 생활방식과 분리되어 있었다.

　　에피쿠로스학파의 철학자인 필로데무스Philodemus는 자신의 저서에 다음과 같은 말을 남겼다.

　　'누군가 우정을 파괴하는 가장 치명적인 요소와 적을 만드는 가장 결정적인 요소기 무엇이냐고 묻는다면, 비로 도시생활이라고 말할 것이다.'

　　마르쿠스 아우렐리우스도 다음과 같이 조금은 복잡한 사상을 통해 자연의 정원에 대한 매력을 설명했다. 그의 주장에 따르면, 인간이 정원에 매혹되는 것은 바로 이곳에서 생명의 성장과 소멸이 동시에 일어나기 때문이다.

무화과 열매를 생각해 보라. 무화과가 터져버리는 순간은 가장 무르익었을 때이다. 잘 익은 올리브 열매도 마찬가지이다. 올리브는 썩기 직전에 가장 아름답다. 따라서 인간이 일단 자연이 변화하는 과정을 이해하고 나면, 모든 것이 자연의 오묘한 섭리에 따라 아름다운 모습으로 변해간다는 귀중한 사실을 깨닫게 될 것이다.

네덜란드의 철학자 스피노자Spinoza는 범신론(汎神論)을 통해 자연을 찬미했다. 그의 주장에 따르면 자연과 신은 거의 동일하며, 이는 자연이 곧 신의 일부이기 때문이다. 스피노자는 하나님이 서늘한 무렵 에덴동산을 산책했다는 성서 구절에 대해 이의를 제기했다. 하나님은 아름다운 정원 그 자체여야 하므로 자기 자신, 곧 정원을 산책할 수 없다는 것이다.

272 18세기와 19세기에 엄청난 인기를 끌었던 공원은 공리주의 철학자들이 상상하는 행복한 인생의 특성이 반영된 곳으로, 사람들 사이에 대중적인 문화시설로 자리 잡았다. 공원 안에는 아름다운 꽃과 나무뿐 아니라 다양한 오락시설도 마련되어 있었기 때문이다.

나는 가장 아름다운 공원으로 손꼽히던 복스홀 공원의 유적지 근처에 살고 있다. 오늘날 이 곳에는 관목지가 물결치듯 펼쳐져 있고, 부근 지역의 철교 위로는 런던 워털루 역으로 향하는 기차가 줄지어 지나간다.

『에든버러 백과사전』의 1830년판을 보면 복스홀 공원이 예전에 얼마나 아름다운 곳이었는지 짐작할 수 있다.

이 공원의 가장 매력적인 모습은 밤에 볼 수 있다. 밤이 되면 약 1만 5,000개의 유리 램프들이 공원 전체를 찬란하게 비춘다. 보도에 줄지어 선 나무들 사이로 유리 램프들이 눈부시게 빛나는 모습을 보노라면, 마치 아라비안나이트의 이야기 속에 들어와 있는 듯한 착각에 빠지게 된다. 이렇게 아름다운 모습을 즐기기 위해 무려 1만 9,000명이 넘는 사람들이 이곳을 찾아온다. 공원 안에 마련된 아름다운 산책로는 유리 램프로 빛나는 보도와 더불어 공원 전체를 찬란하고 경이로운 세상으로 만든다.

복스홀 공원을 산책하는 것은 인간의 도덕적인 가치를 높이는 일로 간주되었으며, 존 로크는 이를 통해 누릴 수 있는 행복한 상태를 '정신적인 교양'이라고 표현했다. 공원은 바로 인간에게 정신적인 교양을 선사하는 곳이다.

어떤 사람들은 정원을 도시로부터의 피난처 또는 진정한 아름다움이 피어나는 곳으로 생각하지만, 정원에는 그 이상의 심오한 의미가 담겨 있다. 정원은 잃어버린 에덴동산, 즉 인간의 영혼이 돌아가기 원하는 영원한 안식처를 의미한다.

프란시스 베이컨은 이렇게 말했다.

"정원은 인간에게 가장 순수한 기쁨을 선사하며 인간의 지친 영혼에 가장 신선한 휴식을 안겨준다. 정원이 없으면 아무리 훌륭한 건물이나 궁전이라도 속된 공예품에 불과하다."

좀 더 세속적인 측면에서 볼 때, 정원은 현대사회 이전의 세계에 대한 향수를 상징한다. 이 세상은 현대사회가 도래하기 전까지만 해도 존재의 본질적인 가치가 중시되고 인간의 욕심을 초월한 성스러운 섭리에 따라 움직이는 곳이었다.

현대사회의 도시인들은 에어컨이 설치된 방에서 계절이 바뀌는 것도 모른 채 살아가며, 대낮처럼 밝은 전깃불 아래 밤이 오는 것도 모른 채 분주한 생활에 몰두한다. 그러나 정원을 가꾸는 사람들은 현명한 삶이 무엇인지를 잘 알기에 자연을 맞서야 할 적이 아니라 더불어 살아가는 벗으로 생각하며 살아간다. 이렇게 행복한 삶을 좁은 뒷마당 또는 TV 원예 프로그램에서 잠깐이나마 스쳐보는 순간, 우리는 독일의 사회학자 막스 베버Max Weber가 말한 '마법의 정원'을 떠올리게 된다.

한편, 정원은 치유의 땅이다. 이곳에서 시간은 아주 천천히 흘러가기 때문이다. 또한 정원은 인간에게 공짜로 주어진 선물이자 영원한 이상향인 자연을 상징한다. 게다가 정원은 자유로운 무의식의 세계 속에서 움직인다. 에덴동산이 신화 속의 정원이라면, 원예 용품점은 인간에게 꿈을 현실로 바꿔

주는 수단을 제공하는 성스러운 곳이다.

그러나 정원으로 나가 모종삽을 집어 들기 전에, 주의해야 할 점이 한 가지 있다. 물론 정원을 가꾸는 것도 좋지만, 그 일에 지나치게 집착해서는 안 된다. 우리는 정원에 일단 발을 들여놓으면, 그 이후로 쉴 새 없이 더 많은 주의를 기울여야 한다. 정원은 끊임없이 변화하기 때문이다.

셰익스피어Shakespeare는 자신의 작품 『햄릿』에서 인간이 자포자기했을 때의 느낌을 '잡초가 무성하며 아무것이나 마구 자라나는 정원'으로 묘사했다. 에덴동산은 천국인 동시에 인간이 타락한 곳이기도 하다.

성장을 위한 성장은
암 세포를 논하는 철학에 불과하다.

Growth for the sake of growth is the philosophy of the cancel cell.

– 에드워드 애비Edward Abbey

오늘날 세계 각국의 정부들이 환경 문제를 걱정하고 있다는 것은 누구나 다 아는 사실이다. 특히 지구 온난화는 과학적 경제적 측면에서 온 인류가 반드시 해결해야 할 지상 과제가 되었다. 일례로 2006년 10월 영국 경제학자 니콜라스 스턴Nicholas Stern이 발표한 보고서에 따르면 세계 각국에서 탄소 배출량을 감소시키기 위해 지출된 국내 총생산의 단 1퍼센트만 있어도 앞으로 수십 년간 경제 위기를 방지할 수 있다고 한다.

그러나 각국 정부들은 환경 문제에 대해 여전히 애매모호한 입장을 취하고 있다. 그들이 환경 문제를 해결하기 위해 할 수 있는 일은 아무것도 없다고 생각한다는 말이 아니다. 내가 말하고 싶은 것은 세계 각국의 정부들이 환경 문제를 어떻게 해결할 수 있는지, 지구를 구하기 위해 실제로 필요한 것이 무엇인지, 그리고 더욱 중요하게는 나날이 높아만 가는 세금에 비해 경제적 선택의 기회는 자꾸만 줄어드는 현재 상황에서 어떻게 하면 국민의 부담을 덜어줄 수 있는지를 정확히 모르고 있다는 것이다. 사실, 답은 간단하다. 경제 성장을 조금만 자제하면 지구를 환경 문제의 고통에서 구할 수 있다!

경제 성장은 세계 자본주의의 기반이 된다는 점을 제외하면 매우 진부한 표어에 불과하며 생산성을 높이라고 채찍을 휘둘러 대는 폭군과 같다. 그러나 오늘날 경제 성장의 중요성에 대해 이의를 제기하는 사람은 별로 없다. 부(富)의 증대로 인해 물질적인 풍요를 누릴 수만 있다면, 어느 누가 감히 경제 성장의 혜택을 의심하려 들겠는가?

환경 위기는 매우 복잡한 문제이다. '성장을 위한 성장은 암 세포를 논하는 철학에 불과하다.'는 미국 작가 에드워드 애비Edward Abbey의 말은 매우 일리 있는 주장이긴 하지만, 다소 극단적이다. 중국, 인도 등 개발도상국에서는 무엇보다 경제 성장을 통해 빈곤층을 구제하는 것이 급선무이니 말이다.

그러나 경제 성장이란 한번쯤 신중하게 생각해 보아야 할 문제이다. 언제부터인지는 몰라도, 사람들은 큰 차, 저렴한 해외여행에 열광하는 자신의 모습이 너무 탐욕스럽거나 이기적이라는 사실을 깨닫기 시작했다.

경제 성장이 지상 명령으로 강조되던 시절에는 수많은 사람들이 치약 하나를 쓸 때에도 행여 낭비라도 할까봐 노심초사하곤 했다. 애덤 스미스의 말에 따르면 부(富)의 쾌락은 '위대하고 아름다우며 고귀한 것을 창조하므로 이를 얻기 위해서라면 온갖 고통과 근심을 무릅쓸 만한 가치가 있다.'

스미스가 살았던 18세기에는 현대 자본주의가 이제 막 첫걸음을 시작하고 있었다. 그러나 현대 자본주의가 절정을 넘어 진부한 것이 되어 버린 지금, 물질적인 부는 그다지 가치 있는 것으로 보이지 않는다. 오늘날 물질사회를 살아가는 현대인의 어깨에 지워진 무거운 짐(노동과 삶의 균형을 맞추어야 한다는 강박관념, 행복에 대한 갈망, 자녀에게 행복한 삶을 물려주어야 한다는 부담감)을 생각하면, 경제 성장을 무조건 우선시하는 것이 능사가 아니라는 사실을 새삼 깨닫게 된다.

인간이 경제 성장에 집착하다 보면 불행해진다고 생각하는 사람들도 있다. 경제 성장은 부분적으로는 좋은 결과를 가져올 수도 있지만, 부에 대한 탐욕은 또 다른 탐욕을 불러일으켜 결국 비참한 결과를 초래한다는 것이다. 어떤 사람들은 이를 오직 신에게만 허락된 불을 훔친 죄로, 매일 독수리에게 간을 쪼아 먹히는 벌을 받게 된 프로메테우스의 벌처럼 끝없는 고통에 비유하기도 한다. 그러나 세상을 최대한 살기 좋은 곳으로 만들기 위해서는 자유 시장경제가 최선의 수단인 것처럼 보인다. 단, 자유 시장경제가 기후 변화에 따른 문제들을 해결할 수만 있다면 말이다.

경제적으로 좀 더 풍요로운 삶을 살기 원하는 사람들이 겪는 중대한 문제 중 하나는 그들이 설령 원한다 해도 성장 우선주의에서 쉽게 벗어날 수 없다는 것이다. 우리는 출근해서 사무실 벽에 외투를 벗어 걸 때마다 개인적인 윤리까지 함께 벗어 거는 듯한 기분을 느끼곤 한다.

우리가 일터에 들어서는 순간, 인간적인 유전자는 모두 활동을 멈춰버리는 셈이다. 인간은 직장에서 마치 돈 버는 기계처럼 냉혹한 모습으로 변하기 때문이다. 리처드 세넷은 이처럼 기계적으로 변해버린 인간의 모습을 일컬어 '인간성의 파괴'라고 표현했다.

진보적인 경영자라면 직원이 불안한 정신 상태에서 일하는 것을 원하지 않을 것이다. 또한 열린 마음을 가진 경영자는 직원이 인간적인 친절함을 잃지 않고서도 충분한 업무 성과를 올릴 수 있는 업무 환경을 만들기 위해 노력한다.

그러나 이는 결코 쉬운 일이 아니다. 사업의 세계는 어디까지나 냉정한 실리를 중시하기 때문이다. 기업은 시장을 만족시키기 위해 존재하며 시장은 적정 기준 이상의 성과를 거둔 기업에게만 보답한다. 따라서 직원의 업무는 성과에 따라 평가되며, 직원이 성과를 거두기 위해 수행해야 할 임무는 직원 자신이 인간적인 친절함을 유지하기 위해 하기 원하는 일과 엄연히 다르다.

보다 윤리적인 행동방식은 실리주의에는 어긋나지만 도덕적으로는 바람직하다. 윤리적인 세계에서 인간의 행동은 자신의 친절한 성품에 따라 평가되며 인간의 성품은 업무 성과보다 훨씬 귀중하다. 그러나 온 세상을 이런 모습으로 만들어 나가기란 결코 쉬운 일이 아니다.

아일랜드 출신의 사회철학자 찰스 핸디Charles Handy는 「나 자신과 보다 중요한 다른 문제들」을 통해 물질적인 부가 항상 좋은 것만은 아니라는 귀중한 메시지를 다음과 같이 전달하고 있다.

나는 때때로 기업의 경영자들에게 교향악단에 대한 비유를 들려주곤 한다. 교향악단 단장들에게 내년의 성장계획이 무엇이냐고 묻는다면, 연주자의 수 또는 공연 횟수를 늘리는 것이라고 대답하는 사람은 아무도 없을 것이다. 대신 그들은 연주 능력을 향상시키거나 높은 명성을 얻는 것이라고 대답할 것이다. 기업의 경우도 이와 마찬가지이다. 돈을 많이 버는 것은 기업에 도움이 되지만, 돈은 단지 목표를 이루기 위한 수단에 불과하다. 예술단체, 학교 등 다른 기관에서는 오히려 돈에 집착하지 않는 것이 더 좋다고 생각한다.

현대사회에서 경제 성장의 중요성에 의문을 제기하는 것은 곧 패러다임의 전환을 의미한다. 현대 경제사회의 목표와 자본주의 시대 이전 사회의 목표를 비교해 보자. 자본주의 시대 이전에는 오로지 기본적인 필수품을 얻는 것이 목표였다. 또한 식량, 의복 등 필수품 외에 다른 물건들은 사치품으로 간주되었다.

그러나 오늘날에는 사치품이 필수품으로 변해 버렸다. 요컨대 차, TV, 세탁기가 없으면 가난한 집이고 식량, 의복은 누구에게나 당연히 주어지는 공공재에 불과한 것이다.

오늘날에는 쇼핑, 즉 '소비'가 곧 여가활동을 의미하며 쇼핑이라는 여가활동이 없었던 시절에는 우리가 어떻게 살았는지 상상조차 할 수 없다. 만약 어느 날 쇼핑이라는 여가활동을 하지 못하게 된다면 앞으로 어떻게 살아가야 할지도 모르겠다. 아니, 그런 세상을 상상만 해도 소름이 끼친다!

하지만 교향악단에 대한 찰스 핸디의 이야기는 '그럼에도 불구하고' 어딘가에는 이 세상을 좀 더 인간적인 곳으로 만들 수 있는 희망이 존재한다는 것을 의미한다. 그러한 희망이 실현되는 날, 이 세상에는 물질적인 가치뿐 아니라 인간의 품성 또한 성장의 척도로 자리 잡게 될 것이다. 또한 소비력뿐 아니라 명성 또한 성장을 의미하는 것으로 존중받게 된다. 그때에는 우리 사회에서 설령 경제 성장을 중시하는 분위기가 여전히 남아 있다 할지라도, 경제 성장은 엄연히 최고의 목표와 구분될 것이다.

정부는 이러한 변화를 일으킬 수 없다. 만약 정부가 이러한 변화를 일으키려 한다면, 온 세상은 전체주의에 휩싸이고 말 것이다. 그러나 한 가지 다행스러운 사실은, 바로 우리 인간이 세상을 변화시키는 열쇠를 쥐고 있다는 점이다.

좋은 기술은
더 좋은 기술이 나타나기를
꿈꾸는 것이다.

A good piece of technology dreams of the day when it will be
replaced by a newer piece of technology.

– 더글러스 쿠플랜드Douglas Coupland

우라늄-235(원자번호 92번, 총질량 235인 우라늄-역주)와 인간, 세탁기는 어떤 공통점을 갖고 있을까? 이 세 가지 다 언젠가는 반드시 사라져버린다는 사실이다. 우라늄-235는 방사성 붕괴과정을 통해 사라진다. 이 원소는 수십억 년에 달하는 반영구적인 수명을 갖고 있지만, 서서히 수명이 다해감에 따라 토륨-231로 변해버린다. 인간은 죽음을 피할 수 없는 연약한 존재이기에 결국 소멸한다. 인간은 기껏해야 70년 안팎의 짧은 세월 동안 서서히 늙어가다가 결국 한 점 먼지로 변해 이 세상을 떠나간다. 세탁기는 기술의 발달과 함께 퇴화한다. 이 기계는 힘차게 잘 돌아가다가 어느 순간부터 조금씩 느려지며, 20년쯤 지나면 마침내 영원히 멈춰버려 쓸데없는 고철덩어리로 변하고 만다.

이 세 가지 중에서 세탁기는 대개 주어진 수명을 다 누리지 못하며, 심지어 아직 더 쓸 수 있는데도 버림받는 경우가 많다. 왜 그럴까? 세탁기가 퇴화하는 것은 우라늄-235, 인간과 본질적으로 다르기 때문이다. 우리는 이를 '계획적 진부화'라고 부른다.

계획적 진부화란 어떤 제품이 작동을 멈추기 전에 구식이 되도록 설계하는 것이다. 상업적으로 볼 때 이러한 전략은 시장 활동을 촉진한다. 계획적 진부화는 다음과 같이 두 가지 방식으로 이루어진다. 첫째, 시장에 출시하는 제품의 특성에 단계적으로 기술적 차별성을 두는 방식이다. 게임 장비, 동영상 압축장치, PC 등이 그 대표적인 예이다. 캐나다 소설가 더글러스 쿠플랜드Douglas Coupland의 말에 따르면, 이러한 제품들은 새로운 기술이 개발될 때마다 진부해지도록 고안되었다는 점에서 좋은 기술이다.

둘째, 소비자에게 새로운 모델에 대한 구매욕을 불러일으키는 것이다. 세탁기를 예로 들어 보자. 제조업자들은 소비자들로 하여금 기존 제품이 유행에 뒤떨어졌다고 생각하도록 만들기 위해 세탁기에 건조기를 달거나 새로운 기능을 추가하고 환경 친화적인 특성을 포함시킨다. 일례로, 최근 영국 가전제품 제조업체인 다이슨 사(社)는 2기통 세탁기를 도입했다. 덕분에 우리는 더욱 하얗게 빛나는 옷을 입을 수 있게 되었다! 심지어 무선 인터넷을 통해 가정 자동화 네트워크로 연결되어 웹사이트에서 세탁 과정을 확인할 수 있게 해주는 세탁기도 있다.

계획적 진부화는 환경 보호의 측면에서 다소 부정적인 영향을 끼칠 우려가 있나. 우리는 계획적 진부화에 길들어진 나머지, 그저 유행에 뒤떨어졌다는 이유로 멀쩡한 제품을 버리고 에너지를 잡아먹는 신제품을 구입하곤 한다. 그러나 제조업자들은 계획적 진부화가 기술 자체의 잠재적인 특성이며 환경 문제에 아무런 책임이 없다고 주장한다. 여기서 우리가 알 수 있는 사실은 기술이 과학으로 만들어진 제품이라는 것이다. 과학자들은 자연의 법칙을 발견하고, 기술자들은 이 법칙을 사용한다. 즉, 과학의 진보는 필연적으로 기술의 진보를 불러일으킨다. 이러한 맥락에서 본다면 퇴화는 기술의 진보를 통해 만들어진 제품에서 필연적으로 나타나는 현상이다.

그러나 새로운 기술의 탄생 과정을 좀 더 자세히 연구해 온 사람들은 이러한 주장을 부적절한 것으로 간주한다. 그 이유는 다음과 같이 두 가지로 생각해 볼 수 있다. 첫째, 기술이 진보하는 과정은 연속적이라기보다 불연속적이다. 모든 기술은 발전하지만, 시장은 상업적인 경쟁에서 살아남을 수 있는 기술만을 받아들인다. 예컨대 참신하게 보이는 것은 모두 차세대 기술로 판매할 만한 가치가 있다.

반드시 최고의 진보를 이룬 제품만을 판매할 필요는 없다. 아니, 진보와 상관없는 제품이라도 괜찮다. 팩스기는 스캐너, 프린터 등 다양한 기능이 추가될 때마다 끊임없이 새로운 모델로 거듭나는 것처럼 보인다. 인터넷을 사용하면 이러한 기능들을 모두 한꺼번에 해결할 수 있는데도 말이다. 즉, 퇴화는 엄밀하게 말하자면 기술의 특성이 아니라 끊임없이 새로운 것을 원하는 인간의 욕구로 인해 필연적으로 발생하는 현상이다.

두 번째 이유는 훨씬 복잡한 것으로, 기술은 패러다임이 변할 때에만 새로 발견된 자연의 법칙과 연관성을 지닌다. 그리고 이러한 경우에도 주도권을 갖게 되는 것은 기술이다.

즉, 기술이 먼저 등장한 후에 자연의 법칙이 등장하는 것이다. 영국의 물리학자 패러데이Faraday는 전선, 수은, 자석을 이용하여 최초의 전동기를 만들었다. 맥스웰Maxwell이 자연의 법칙인 전자기 방정식을 도출한 것은 그 이후였다.

이러한 사실을 근거로 독일의 실존철학자 마틴 하이데거Martin Heidegger 등 몇몇 철학자들은 소위 자연의 법칙이란 기술을 요약한 것에 불과하며, 기술은 자연의 법칙을 적용한 것이 아니라 인간의 목표를 위해 자연을 조종한 것이라고 주장했다.

진실은 이러한 주장들의 중간 지점 어딘가에 존재한다. 그러나 분명한 것은 우리가 기술의 힘에 끌려갈 필요는 없다는 사실이다. 계획적 진부화는 결국 인간이 만들어낸 현상이다. 기술 또한 인간이 새로운 기술에 대한 갈망을 충족시키기 위해 만들어낸 것이다.

자연은 후손을 위해
자연을 보호하는 생물에게
호의를 베푼다.

Nature favours those organisms which leave the environment in
better shape for their progeny to survive.

– 제임스 러브록 James Lovelock

나는 어느 시상식에서 우연히 기후 변화 전문가 한 사람과 식사하게 되었다. 그의 옆자리에 앉는 순간, 내 머릿속에는 좋은 생각 하나가 스쳐지나갔다. 바로 이 절호의 기회를 이용하여 그 동안 내가 기후 변화에 대해 알고 싶었던 점들을 다 물어봐야겠다는 것이었다.

이 전문가는 에든버러 대학의 데이브 리Dave Reay 박사였다. 그는 해양과학을 전공했지만, 자신의 저서 『기후 변화는 가정에서 시작된다』를 통해 보다 광범위한 문제들을 고찰했다. 내가 리 박사에게 던진 질문은 세 가지였다.

첫째, 현재 일어나고 있는 기후 변화는 과학적으로 봤을 때 정말 위험한 것인가? 나는 항상 그렇다고 생각해 왔다. 그러나 열정적인 지도자들과 박식한 지도자들의 논쟁에 대해 읽어본 사람이라면, 어느 쪽 주장이 옳은지 분간하기 어려울 것이다. 그들의 논쟁은 앞으로도 당분간 계속될 것으로 보인다. 과학의 본질인 불확실성은 기득권자들의 좋은 화젯거리니까 말이다.

리 박사는 "그렇다."고 단호히게 대답했다. 또한 그는 친절하게도, 이러한 사실에 반론을 제기하는 사람들의 주장에 대해서도 이야기해 주었다. 우선 온난화 현상은 이미 중세 유럽에서도 발생했으며 장기적으로 아무런 피해를 끼치지 않았다는 주장이다. 그러나 리 박사는 현재 일어나고 있는 온난화 현상은 중세 유럽의 온난화 현상과 달리 전 세계적인 것이며 그 규모 또한 엄청나다고 말했다. 그는 앨 고어Al Gore의 영화 〈불편한 진실〉을 보면 현재 상황이 얼마나 심각한지를 잘 알게 될 것이라고 덧붙였다.

두 번째 질문은 환경 문제의 해결 가능성 여부에 관한 것이었다. 나 자신의 개인적인 관점에서 본다면, 그 가능성은 미지수이다. 지금까지 세계 각국은 탄소 배출물 제거, 에너지 절약 등 환경을 보호하기 위한 목적으로 다양한 기술을 개발해 왔다. 그러나 이러한 기술을 실현하기 위해서는 정치적, 사회적 차원에서 거의 상상조차 할 수 없을 정도로 막대한 규모의 지원이 필요하다.

교토 의정서(1997년 미국, 일본 EU 등 총 38개국을 대상으로 기후 변화에 따른 온실가스의 감축 목표를 규정한 의정서-역주)와 같은 국제적인 협약을 채택하는 방법은 목표를 너무 높게 잡는 것일 뿐 아니라 시간도 너무 오래 걸린다. 국제 무역의 최근 동향을 살펴보면 더욱 그렇다.

중국과 아프리카의 양자 협정, 미국의 보호주의와 유럽의 지역주의, 국제무역 회담의 계속적인 실패는 세계화를 위한 기반이 붕괴되어 가고 있음을 여실히 보여준다. 그러므로 환경문제를 해결하기 위해서는 어쩌면 기업 또는 정부가 점진적으로 주도하는 지역 회담이 더 큰 도움이 될지도 모른다. 이는 현재 이미 많은 사람들이 반대하고 있는 '보모 국가주의(정부가 개인생활을 보호 통제하는 복지국가를 지향-역주)'와 같은

행태를 바꾸기 위해 사회적으로 변화가 필요하다는 사실을
의미한다.

지금 이 순간에도 수많은 기업들은 탄소가 많이 배출되는
개발 활동을 기후 변화의 심각성에 상대적으로 둔감한 지역
에 집중적으로 배치해 규제망을 교묘하게 빠져나가고 있다.
이 모든 상황을 감안할 때, 인류 역사상 이렇게 중대한 문제
를 둘러싸고 전 세계적으로 사회적인 변화가 요구된 적은 일
찍이 단 한 번도 없었다.

리 박사의 말에 따르면, 이산화탄소 배출량을 환경 보호에
필요한 수준인 60퍼센트까지 줄일 수 있는 기술은 이미 개발
되었다고 한다. 그는 이 기술을 실현하는 과정에서 정치적,
사회적으로 엄청난 논란이 일어날 것을 인정했지만, 전망은
그 어느 때보다도 밝다고 말했다. 문제의 중요성이 세계 각국
으로 급속히 퍼져나가고 있기 때문이다.

세 번째 질문은 좀 더 직접적인 것으로, "박사님은 비행기
를 타십니까?"였다. 나는 비행기를 탄다. 그리고 비행기를 타
는 것이 내 탄소 발자국(사람의 활동을 통해 직간접적으로 배출되는
이산화탄소의 총량-역주)을 크게 만드는 가장 큰 원인이라는 사
실도 잘 알고 있다. 나는 비행기를 탈 때마다 비행기에서 나
오는 이산화탄소가 영국에서 배출되는 이산화탄소 총량의 3
퍼센트에(이 수치는 계속 늘어나고 있다) 불과하다는 사실을 떠올
리며 조금이나마 위안을 느낀다. 이 세 번째 질문은 "기후 변

화는 도덕적인 문제로, 인간이 중대한 희생을 감수하면서까지 생활방식을 바꾸어야 한다는 사실을 의미하는 것입니까?"로 바꾸어 말할 수 있다.

리 박사는 비행기를 타지 않는다고 대답했다. 그리고 이는 비행기를 절대 타지 않겠다는 뜻이 아니라, 상황적으로 최근 몇 년 동안 비행기를 타야 할 도덕적인 필요성을 느끼지 못했기 때문이라고 말했다. 그는 비행기를 타지 않았기 때문에 학술회의를 놓치는 등 직업적으로 피해를 입었다. 그러나 리 박사는 이와 같은 희생을 감수하는 대신, 도덕적인 요구에 따르고 있는 것이다.

리 박사는 내가 비행기에서 위안으로 삼는 3퍼센트 수준은 아주 오래 전의 상황을 기준으로 설정된 것이라고 말했다. 현재 비행기에서 배출되는 이산화탄소의 양은 아주 빠른 속도로 증가하고 있으며, 향후 10년 이내에 수십 퍼센트까지 올라갈 뿐 아니라 그 이후로도 계속 빠르게 증가할 것이라고 한다.

리 박사의 주장은 그의 태도와 마찬가지로 온건했다. 그는 기후 변화의 심각성을 잘 알고 있었지만, 이를 해결하기 위해 극단적인 주장을 내세우지는 않았다. 나는 리 박사와의 대화를 통해 환경 문제에 대해 희망을 품게 되었다.

리 박사는 긍정적인 전망을 심어주었기 때문이다. 그러나 나는 과학적인 해결방법이 명백히 존재한다는 사실을 깨달았

음에도, 개인적인 행동과 결정에 영향을 끼치는 정도, 환경
문제의 해결에 필요한 정치적, 사회적 변화가 이 세상에 일어
날 수 있는지 등에 대해서는 확신할 수 없었다.

인생을 풍요롭게 만드는 42가지 생각

초판 1쇄 발행 2009년 12월 15일

저자 마크 버논
역자 윤성원
발행인 백영곤

책임편집 정재은
디자인 강미연
마케팅 이현정

발행처 도서출판 장서가
출판등록 2007년 10월 29일 제313-2007-000211호
주소 서울시 마포구 서교동 395-180 서주빌딩 301호
연락처 (T) 02-334-9681 (F) 02-334-9682

정가 12,000원
ISBN 978-89-93210-27-9 03840